VEILLEUSE DU CALVAIRE

W0250892

"Domaine français"

DU MÊME AUTEUR

DEPALE, pwezi, en collaboration avec Richard Narcisse, éditions de l'Association des écrivains haïtiens, Port-au-Prince, 1979.
LES FOUS DE SAINT-ANTOINE, éditions Deschamps, Port-au-Prince, 1989.
LE LIVRE DE MARIE, éditions Mémoire, Port-au-Prince, 1993.
LA PETITE FILLE AU REGARD D'ÎLE, éditions Mémoire, Port-au-Prince, 1994.
ZANJNANDLO, éditions Mémoire, Port-au-Prince, 1994.
LES DITS DU FOU DE L'ÎLE, éditions de l'Île, Port-au-Prince, 1997.
RUE DES PAS-PERDUS, Actes Sud, 1998 ; Babel n° 517.
THÉRÈSE EN MILLE MORCEAUX, Actes Sud, 2000 ; Babel n° 1127.
LES ENFANTS DES HÉROS, Actes Sud, 2002 ; Babel n° 824.
BICENTENAIRE, Actes Sud, 2004 ; Babel n° 731.
L'AMOUR AVANT QUE J'OUBLIE, Actes Sud, 2007 ; Babel n° 969.
HAÏTI, photographies de Jane Evelyn Atwood, Actes Sud, 2008.
LETTRES DE LOIN EN LOIN. UNE CORRESPONDANCE HAÏTIENNE, en collaboration avec Sophie Boutaud de La Combe, Actes Sud, 2008.
RA GAGANN, pwezi, Atelier Jeudi soir, 2008.
ÉLOGE DE LA CONTEMPLATION, Riveneuve, 2009.
YANVALOU POUR CHARLIE (prix Wepler), Actes Sud, 2009 ; Babel n° 1069.
LA BELLE AMOUR HUMAINE (grand prix du Roman métis, prix du Salon du Livre de Genève), Actes Sud, 2011 ; Babel n° 1192.
OBJECTIF : L'AUTRE, André Versaille éditeur, 2012.
LE DOUX PARFUM DES TEMPS À VENIR, Actes Sud, 2013.
PARABOLE DU FAILLI (prix Carbet de la Caraïbe et du Tout-Monde), Actes Sud, 2013 ; Babel n° 1359.
PWOMÈS, pwezi, C3 éditions, 2014.
DICTIONNAIRE DE LA RATURE, en collaboration avec Geneviève de Maupeou et Alain Sancerni, Actes Sud, 2015.
ANTHOLOGIE BILINGUE DE LA POÉSIE CRÉOLE HAÏTIENNE DE 1986 À NOS JOURS, textes rassemblés par Mehdi Chalmers, Chantal Kénol, Jean-Laurent Lhérisson et Lyonel Trouillot, Actes Sud / Atelier Jeudi soir, 2015.
KANNJAWOU, Actes Sud, 2016 ; Babel n° 1562.
NE M'APPELLE PAS CAPITAINE, Actes Sud, 2018 ; Babel n° 1722.
ANTOINE DES GOMMIERS, Actes Sud, 2021 ; Babel n° 1886.

ISBN 978-2-330-18226-7

LYONEL TROUILLOT

Veilleuse du Calvaire

roman

ACTES SUD

À Matys Léo, oiseau fou.

À M.-B.

À Litainé Laguerre et aux jeunes de l'AJS qui n'ont pas le droit de merder.

À la mémoire de Georges Castera Fils qui nous a enseigné "bonté avant beauté".

À Maïté et Manoa, veilleuses à leur façon.

Qu'on fasse reproche à cette violence, mais dans mes livres ne couleront pas des paroles de miel.

JACQUES ROUMAIN

Ce qui vient au monde pour ne rien troubler, ne mérite ni égards ni patience…

RENÉ CHAR

VEILLEUSE

LIMINAIRE

Ce qui importe, c'est de savoir si tu peux t'adapter à deux langues en même temps. Écouter deux histoires en même temps. Ou une seule qui se divise en deux. En deux fois deux : le passé et le présent ; la couverture et les dessous. Plusieurs fois deux. Le sublime et le terre à terre. La louange et l'injure. L'offrande et l'invective.

Moi, la Veilleuse du Calvaire, qui étais là au commencement et qui serai là à la fin, moi, la première à escalader cette colline quand n'y passait que le vent et n'y vivaient que les oiseaux, les couleuvres et les arbres, je ne suis pas venue te parler du passé. Ni des choses du dessus. Moi, je veux te parler de l'intérieur des choses. C'est de là que je viens. L'intérieur des choses, c'est ce que le passé a fait au présent. Ce que les hommes ont fait aux hommes. Je veux dire aux hommes et aux femmes. Avant il y avait les oiseaux. Puis vinrent le sang, la violence, l'ennui, l'avidité des uns et la rancune des autres. Le simulacre et la décrépitude. La peur aussi. Ce que les hommes ont fait aux hommes. Au temps. À la vie. C'est de cela que je te parlerai. De la genèse et de la survivance. Je veux dire la dégradation. Le pire du pire, c'est la dégradation, cette manière à chaque instant plus sale, plus vile, de se survivre. L'autre te racontera les choses en prenant son temps avec force broderies, allusions et atermoiements. Ceux qui n'ont pas vécu les choses ont droit à la sagesse et la neutralité. Bienheureux le conteur quand il a le loisir d'écrire une phrase qui fait dans la dentelle, prend le temps de choisir ses mots, de poser comme pour une photo. Une phrase d'enfant gâté flottant dans la distance qui donne droit à l'humour, l'élégance, le bon rythme, le style. Je ne sais pas parler la belle langue des chroniqueurs. Ni suivre un ordre, une chronologie. Moi qui étais là au commencement, je n'ai pas le recul. L'art. Le savoir. Je n'ai de langue que blessure. La colère ne raconte pas. Elle crache. Intervient. Balance. Mon parler n'est pas attendu et ma victoire, c'est d'interrompre. Je brusque. Mon style, c'est la douleur arrachée au silence. Je réponds à l'appel du cri transformé en besoin et parle vite, dans l'urgence. Viendra l'heure où, bouleversant l'ordre du récit, j'interromprai tout ronronnement, toute joliesse et politesse et te conduirai dans ce qu'il reste de la villa du notaire Marcello Mérable, la première maison qui fut construite sur cette colline : la haine et la décrépitude. Et si tu as la force de me suivre jusqu'au bout, à la fin de ce livre nous la détruirons ensemble. C'est à un crime que je t'invite. Ou à une renaissance. Alors je m'en irai et laisserai une autre exercer, pour nous toutes, le droit à la parole. Après le pire. La sagesse du peureux consiste à faire l'éloge de la continuité. Je n'ai jamais été très sage. Il n'y a pas d'avenir dans la persistance du pire. Et je veux, pour qui souffre, le don de la rupture, pas celui de l'accommodement.

Ne me demande pas, à moi qui ne crois ni aux dieux ni aux diables, pourquoi je ne meurs pas. J'ai tout vu, les prétendus chasseurs, les premiers lotissements, la grande vérole, la petite vérole, la famine, l'Occupation, les séismes, la dictature, l'exode, le délabrement. Je parle les langues de tous ces âges. De toutes les colères et toutes les révoltes, j'ai manié toutes les armes : le rire, la parole, le poignard, l'esquive, le fusil. J'ai souffert toutes les défaites, relancé tous les combats, accompagné tous les élans. Qui m'a prise pour un fantôme, une madone, un esprit tantôt bienfaisant, tantôt malfaisant, s'est trompé. Je peux te dire : je suis une fille qui aimait la pluie et la vie et qui ne comprend rien à sa propre durée. Sinon qu'elle arrive à son terme. J'ai fait mon temps. Bientôt une autre parlera. C'est toujours une surprise, l'émergence d'une voix depuis un lieu qu'on croyait vide. En attendant, s'il faut un sens à ma présence, s'il faut qu'elle serve à quelque chose : au moins qu'elle te préserve de l'oubli. Tu te demandes qui je suis. Peut-être ne suis-je vivante que dans tes rêves. Je suis ton devoir de mémoire qui a choisi un corps de femme pour qu'il n'y ait dans le récit ni mensonge ni omission. Car nos corps furent ici la matière contre laquelle s'exercèrent les pires violences. Veilleuse. Mantègue. Gala, Marlène. Marine. Victoire. Sirène, Béatrice, Tifène… Au passé comme au présent, nos corps portent les marques de toutes les offenses et de tous les dénis. Comme ils sont le chemin de toutes les promesses. Veilleuse du Calvaire, je suis le savoir de la chair vaincue, jamais défaite. Je suis la feuille sèche qui, de retour à l'arbre, reverdit de vigueur et ne craint plus le vent. Je suis l'indestructible nécessité du cri. C'est mon cri, je veux dire les cris qui passent par ma bouche, qui m'ont gardée en vie.

La première école. Le premier dispensaire. Je n'ai jamais appris à inscrire les dates dans des registres. Sur cette colline du Calvaire, les choses ne sont pas toujours venues les unes après les autres. Sur cette colline du Calvaire, si l'on compte les amoureux parmi les oiseaux et les choses de la nature, il n'y eut que deux temps. Le temps des oiseaux et le temps des hommes. Peut-être ces notions sont-elles fausses : le passé, le présent. Ce que les hommes ont établi ici, c'est une permanence. Sans demander conseil, ni prendre langue avec quiconque, les hommes, comme des grands, ont amené le malheur. L'homme est la seule espèce qui n'a pas besoin d'aide pour créer son malheur. C'est le métier du chroniqueur de suivre le fil des événements. Moi, je ne peux te dire dans quel ordre, tel fait majeur après tel autre, mais seulement à quelle vitesse j'ai vu la peur s'installer dans les cœurs, les mains, les sexes, les yeux des enfants et les pas des pèlerins, les chambrettes, les venelles, les bars, les commerces, les bordels, les casernes, les maisons les unes trop grandes les autres trop petites que les hommes ont bâties. Sur cette colline du Calvaire, j'ai vu des humains construire un monde habité aujourd'hui par des ruines. Ne cherche pas loin les vestiges. Marche dans les rues. Entre dans les maisons. Suis les itinéraires s'il existe encore quelque chose digne d'être appelé itinéraire. Regarde le peuple de la colline. Ne t'en va pas chercher plus loin pour pêcher les vestiges. Tu as déjà trouvé les ruines. C'est lui, c'est nous, les ruines.

Ne t'attarde pas sur le mystère de ma présence. Le mystère n'est qu'une apparence. La forme opaque de choses très concrètes. Moi, la Veilleuse du Calvaire, qui existe et n'existe pas, réelle et irréelle, à la permanence de l'ordre, du triste, au chemin qui conduit aux ruines, j'oppose la permanence du refus. Ma voix, ta voix, nos voix, je récupère les pas perdus. Je suis le feu de joie qui brûle sous les ruines.

“Il était une fois, il y a un peu plus de cent ans…” Je vais laisser la place à l’autre qui veut te parler du passé.

Un mot déjà sur le présent. Sur cette colline du Calvaire, vivre, c’est devenu une mort lente. Qui se divise en deux.

Ti Suyé monte. Ti Suyé descend[1]*… Une moitié des habitants passent leur temps à monter et descendre, comme dans la chanson du petit balayeur. Sauf qu’ils balaient l’air de leurs bras. Le soir, quand ils posent leurs fesses d’épouvantails sur une chaise ou sur un caisson pour faire le compte des gains de leur journée de marche, il ne leur reste pas de quoi se payer un sourire.

L’autre moitié ne bouge plus. Soit que l’âge leur a appris que nul geste ne vaut la peine. Soit que, vieux jouets cassés, ils ne connaissent plus le principe du mouvement. À force de rester assis, ils n’ont quasiment plus ni fesses ni ressorts. Regarde : tous ces corps immobiles qui virent à autre chose. Osseux et flasques. Flasques mais osseux. Répandant sur eux-mêmes et dans le voisinage une odeur d’eau

* Les notes se trouvent en fin d’ouvrage, page 175.

croupie, de moisissure humaine, de puanteur lavée à l'essence de térébenthine.

"Il était une fois, il y a un peu plus de cent ans…" Voilà ce qu'il est resté de la vie, ce que les hommes ont fait aux hommes sur cette colline du Calvaire. Une division sans conséquence. Des morts assis. Des morts errants. Des milliers de fantômes à répartir en deux colonnes : les surplace et les pas perdus.

QUAND CHANTAIENT LES OISEAUX

Il y eut d'abord les amoureux. La montée était rude et le sommet tellement boisé que n'importe quoi ou n'importe qui aurait pu s'y cacher. Seuls osaient s'y aventurer des jeunes gens et des jeunes filles en quête de leurs premiers baisers. À cet âge on se dit "l'amour n'a pas d'ailleurs", et ne vous viennent pas les questions des adultes sur les affaires d'origine, de rang, de fortune. Je te veux, tu me veux… Ainsi y firent l'amour du matin jusqu'au crépuscule des couples improbables. Une fille de notaire et un fils d'ouvrier. Le petit-fils d'un général signataire de l'Acte de l'indépendance dont la famille possédait des plantations de cacao dans le Sud et des plantations d'indigo dans le Nord et une descendante du marron inconnu[2], sans famille et ne possédant pas la plus petite parcelle de terre. À leur descente, ils se faisaient gronder par leurs parents ou leurs tuteurs. Les garçons, plus faciles à convaincre, s'adaptaient vite à l'interdit, d'autant qu'il leur était permis d'aller chercher consolation auprès des domestiques et dans les maisons closes. Les filles se retrouvaient enfermées dans leur chambre ou leur cellule de pensionnat pendant des semaines. Elles pleuraient et s'agitaient dans leur sommeil, se débattaient contre des liens imaginaires, les brisaient, tanguaient, barques folles, sautaient du lit, imitaient nues la danse de la couleuvre, se rendormaient, satisfaites et insatisfaites, languissantes et contrites. Le jour, leur humeur changeait vite entre l'extase et l'abattement. Toute torpeur apparente peut couver une insurrection. Même enfermées ou placées sous la haute surveillance d'une armée de prieuses et de gardiennes de lit, elles plongeaient dans une mélancolie suspecte, trop sensuelle pour être acceptable. On faisait donc venir un prêtre ou un houngan, parfois les deux mais jamais en même temps, pour les guérir de la maladie de la langueur avec force incantations, huiles et attouchements.

DANS LA PRISON DES FEMMES

Je peux te dire : Tous les dieux étant bons pour chasser le désir, ils en ont fait venir des prêtres, des houngans, des geôliers et des confesseurs. Je me souviens de ce curé qui venait de Bretagne. Il passait pour un exorciste et chassait le démon des corps des jeunes filles en les parcourant de ses mains. Je me souviens de ses mains. Ses grosses pattes d'envahisseur, plus velues et venimeuses qu'une mygale. Ces grosses pattes de cochon rose qui appréciaient beaucoup les parties génitales et les pointes des seins. Je me souviens de ses mains qui bêchaient dans nos sexes pour extraire le péché. Te parlerai-je de Violette, la plus belle d'entre nous qui n'a jamais plus osé se regarder ! De son regard rendu aveugle à sa propre beauté. Te parlerai-je de Marie qui pleura plus que Véronique et porta du blanc toute sa vie pour se rêver immaculée ! D'Altagrace, qui aimait sauter à la corde, courait plus vite que nous toutes, légère comme un cerf-volant. Nous l'appelions, pour jouer, la petite sœur des anges. La seule chose que nous possédions, le seul droit à la fantaisie c'était un temps de parole que nous passions à nous inventer des surnoms. Plus légers que les saints aux vies marquées de trop de souffrances, les saintes surtout qui sentaient trop le sacrifice, les anges, parce qu'ils avaient des ailes et vivaient dans un autre monde, pouvaient servir à quelque chose à l'heure de la récréation. Altagrace, nous trouvions qu'elle avait des ailes. Je peux te dire, notre petite sœur des anges, un jour, après les attouchements elle se prit pour un temple et devint froide comme la pierre. Moi, les filles m'appelaient Veilleuse, parce que j'aimais la pluie, le seul des êtres venant d'ailleurs contre qui l'autorité ne pouvait rien. Je passais des nuits à l'attendre. Je l'appelais. Elle venait. Les cochons aussi. Pas besoin de les appeler. Des cochons, il y en eut de toutes les couleurs. Et peu importe qu'ils soient roses, noirs, verts ou kaki, civils ou militaires, grands prêtres ou mécréants, ce qui compte, c'est le doigt, le sexe, l'objet, cette chose qui entre en toi et vient tuer le désir. Alors que le désir, tu le vois dans leurs yeux, dans leur bave. Je peux te dire, ce n'est jamais en soi qu'on veut tuer le désir. Le désir, c'est comme le capital, on le veut pour soi-même. On le veut tout entier pour soi, et on veut le tuer chez les autres.

Un jour, je ne sais plus en quelle année, il y a longtemps, j'ai décidé que je garderais cet étrange prénom, moitié ombre moitié lumière, que m'avaient donné mes amies. Je suis née entre filles, sur une cour de récréation. Ce même jour, j'ai décidé aussi que celui qui voudrait me faire du mal, il faudrait d'abord qu'il me trouve, et que s'il me trouvait, je rendrais coup pour coup.

LA FILLE SUR LA COLLINE

Un matin de l'année 1893, entre la neuvième et la dixième station du chemin des martyrs, une jeune fille s'échappa de l'internat des sœurs de la Sainte-Croix pendant le cours de catéchèse. Grâce à l'aide d'un vieux gardien ayant découvert avec l'âge les vertus de la rébellion, elle enjamba la fenêtre du réfectoire, sauta vers l'extérieur et tomba dans un lit de cretonnes qu'entretenait avec passion la sœur Martine, responsable du jardinage. En se relevant, son unique regret fut d'avoir abîmé les plantes. À côté de Dieu, la sœur Martine n'avait qu'un seul amour, ses plantes. La jeune fille n'en voulait aux amours de quiconque. Elle garda de sa chute quelques égratignures aussi légères que son pas et ouvrit le portail. Le gardien refusa les trois gourdins[3] qu'elle lui tendit en guise de remerciement. Il lui dit qu'il était trop vieux pour espérer une récompense. Un sourire lui suffisait. Une image à emporter, dans quelques jours ou quelques mois, quand il partirait vers la mort, ce lieu froid où l'on n'a plus besoin de rien. Arrivée dans la rue, elle échangea son uniforme d'interne contre la robe de drap blanc qu'elle s'était confectionnée en cachette dans sa cellule. Avec ses trois pièces pour fortune, choisissant l'inconnu pour seul itinéraire, elle s'éloigna du couvent en chantant. Mais elle ne connaissait que des chansons tristes, peuplées de croix et de sermons, et se dit qu'il lui faudrait en apprendre d'autres un peu plus entraînantes. Son premier jour de liberté, elle erra longtemps dans la ville qu'elle n'avait jamais vue auparavant, s'attarda, là, pour contempler un paysage, ici, pour saisir les bribes d'une conversation. Elle descendit ainsi jusqu'au bord de mer, aima la mer et l'idée du grand large mais pas les gros bateaux ni le ton sur lequel les chefs d'escale, les contrôleurs et les douaniers s'adressaient aux journaliers. Elle trouva beau un porteur avec une tête d'enfant sauvage perchée sur un corps d'homme et lui fit signe de la suivre. Ils traversèrent la ville de long en large, du nord au sud, du portail Saint-Joseph au portail Léogane, de la Rivière froide à la Tête de l'eau. Le soir tombant, ils firent l'amour au sommet d'une colline qui n'avait pas encore de nom. Ils échangèrent ensuite quelques phrases et constatèrent qu'ils n'avaient pas grand-chose à se raconter. Le peu qu'elle avait retenu de l'enseignement des bonnes sœurs, des leçons de maintien, de broderie et de catéchèse, ne pouvait qu'ennuyer un orphelin du port ayant toujours dormi dans un hangar humide, à attendre le matin et le déchargement des caisses et des sacs pour se payer son pain du jour. Une novice et un enfant débardeur, leurs vies étaient trop courtes pour en faire un récit. Faute de mots, pour s'inventer un langage ils firent de nouveau l'amour et s'endormirent sans se faire de promesse ni la moindre confidence. Le lendemain, à son réveil, la fille vécut avec une pointe de tristesse l'absence du garçon mais ne s'en fâcha point. Seule l'éternité dure toujours et personne n'y a droit. Sans plus penser aux choses qui n'existent que pour elles-mêmes ni à celles qui n'existent pas, elle jugea que le jour était beau au sommet de la colline, la robe légère qu'elle portait plus joyeuse et confortable que la tunique du couvent, la solitude salutaire lorsqu'elle était choisie, et le monde peuplé de rencontres à venir. Elle attendit la nuit pour redescendre vers la ville et commença une nouvelle vie. Elle partagea ainsi son temps entre ses deux repaires : sa colline, terre de jour, et la nuit dont elle avait fait son domaine. Elle entraînait parfois au sommet de sa colline des garçons ou des filles aux airs d'enfants perdus qui redescendaient aux premières lueurs de l'aube plus riches d'étreintes et de sourires. Souvent elle remontait seule, après avoir passé sa soirée à écouter les ballades des chanteurs de rue, conversé avec des inconnus sur les sujets dont on peut discuter pour tuer le temps et lier amitié.

RETOUR DANS LA PRISON DES FEMMES

Ils étaient libres, les premiers corps qui sont montés au sommet de la colline. Et puis sont venus les chasseurs, les arpenteurs, les notaires, les banquiers, la loi, le pouvoir, l'ordre, la bienséance, la torture, le viol, les conventions. Toutes ces choses qui vous entrent dans le corps, s'acoquinent dans votre tête, marchent ensemble, cortèges, parlent ensemble, cohortes, se soutiennent, cordages, font semblant de ne pas se connaître, la belle ruse, pactisent, les unes aussi tueuses que les autres.

Je peux te dire, avant il y avait les amoureux. C'était leur place à vivre, leur victoire, leur refuge. Puis il en est passé des cochons de tous les âges et de toutes les races sur cette colline du Calvaire. Tout ce que j'avais fui, ils sont venus l'installer ici. Au diable les dictons, la victoire n'est jamais dans la fuite. La cache peut-être, le temps de se donner la force du rebond. L'esquive. Ne pas être où l'autre t'attend. L'éviter afin de le surprendre. Jouer de la hanche et taper très fort. Mais fuir n'est que le temps perdu avant de se faire rattraper. Je te l'ai dit, le malheur, c'est comme le capital, il n'en a pas fini de chercher où s'étendre. Avant il y avait les oiseaux. Puis les amoureux. En vrai. Puis fini tout cela. Au fil des années et des générations, je peux t'en nommer des cochons. À chaque période son lot. Zabulon, le propriétaire du premier dancing installé au sommet de la colline, le "Bel Air", qui essayait les entraîneuses avant de les engager et leur prenait tout l'argent laissé par les clients. Plus tard, le pasteur Joël qui tapait sur la tête de sa femme à coups de Bible, parce que, la pauvre, il fallait bien qu'elle aille chercher ailleurs autre chose que la pénitence des cinq minutes hebdomadaires dans la position du missionnaire. Plus tard encore, le commandant du district, surnommé L'Expérience, qui commençait l'interrogatoire des prisonnières par le viol durant les années de dictature. "Maintenant que j'ai joui, que tu as vécu L'Expérience, tu vas parler." Mais toutes ne parlaient pas. Et que pourrait-on reprocher à celles qui ont parlé, dénoncé leurs camarades, dénoncé même des innocents, parce qu'à l'époque de la dictature, si tu ne trouvais pas dans l'heure quelqu'un à dénoncer, tu allais vite mourir coupable. Quand le feu, le bois ou le fer fouillent dans ta chair, tu avoues tout ce qu'on veut. Même d'avoir tué ta mère. Même si ta mère, tu ne l'as pas connue. Une tante, un passant, une voisine, une bonne volonté t'a déposée un matin ou un soir devant le dispensaire où tu reviendras pissant du sang. Sale. Seule. Mourante. Parce qu'est passé sur ton ventre un salaud qui t'a mise enceinte et qu'un autre t'a charcutée. Gala, elle n'a rien avoué. Ils l'ont arrêtée un soir de décembre. Elle aidait sa mère à décorer l'arbre de Noël. Ses parents ne savaient pas. Ses frères ne savaient pas. Son petit ami ne savait pas. Personne hormis ceux qui devaient savoir ne savait. Un macoute s'était pris une balle dans la tête. Un tueur. Mieux. Un champion parmi les tueurs. Le pouvoir était encore plus fou que d'habitude, on lui tuait ses héros. "Les miliciens sont mes fils", avait dit le chef. Il avait perdu un de ses fils préférés. Ils arrêtaient au hasard. Un garçon a parlé. Tout le monde sur la colline était aussi saisi qu'écœuré quand ils sont venus chercher Gala. On la connaissait comme l'écolière modèle, la fille parfaite. Celle qu'on aimait voir le matin dans son uniforme. La bonne élève de chez les sœurs. Nous étions quelques-uns à savoir. Précoce. Discrète. Personne d'autre n'y a cru. Ni ses parents. Ni ses amies. Ni son petit frère. Ni le peuple de la colline. Pourtant c'était bien elle. Ils l'ont torturée pendant une semaine. Alarik d'abord. Puis ils l'ont transférée à la caserne et les militaires et les experts ont pris le relais. Pas un mot. Pas un nom. L'héroïne la plus précoce et la plus silencieuse de la colline du Calvaire. Ses parents sont morts en croyant encore à son innocence. Je ne leur ai jamais donné la lettre qu'elle m'avait remise pour eux. Ils la préféraient comme ils la connaissaient. Pourquoi leur parler des lectures clandestines, des réunions secrètes ? De cet oncle qui aimait trop la prendre sur ses genoux… Sa première blessure, sa première révolte. Ils n'ont jamais su qu'il n'était pas devenu borgne en tombant la face sur un clou. Sans rien dire, elle lui avait planté un crayon dans l'œil un jour qu'il la serrait de trop près. Je me souviens de l'oncle trop bienveillant. Des brutes. Des violeurs. Je me souviens de "Je sais tout", le directeur de l'école nationale. Fier, pédant, il disait qu'il en avait marre de payer pour les avortements de ses élèves et s'entraînait afin de les réaliser lui-même, pour ajouter une nouvelle branche à son vaste savoir. Je pourrais t'en citer tant d'autres qui ont sévi sur cette colline et qui sont morts de leur belle mort et ont même eu droit à des fleurs et à des discours.

PROMESSE

Mais tous n'auront pas cette chance. Je te l'ai dit, à la fin de ce livre, nous entrerons dans ce qu'il reste de la villa construite il y a près de cent ans par le notaire Marcello Mérable, grand-père de l'actuel propriétaire. J'entrerai et je disparaîtrai. Emportant avec moi tout ce qui doit disparaître. Sans leur laisser la moindre chance. Moi, la Veilleuse du Calvaire, qui fus de toutes les révoltes et de toutes les colères, je ne raterai pas les deux Alarik, le père et le fils. Le vieux milicien et le barbouilleur. Le dernier des Mérable leur loue un appartement à l'étage. Il n'y a plus de terres à vendre ici depuis longtemps. Et le petit-fils du notaire, vieil homme pingre et taciturne, vit des restes de la richesse d'autrefois. Lui non plus je ne le raterai pas. Les Alarik ne payent pas de loyer. À cause du secret entre le vieux milicien et le propriétaire. Les secrets, en bien ou en mal, ça crée des liens ou des obligations. Le père Alarik ne bouge presque plus. Le matin, il se lève, rampe jusqu'à la fenêtre, se hisse sur sa chaise et commence à tirer, caché derrière un rideau sale. Taratata, taratata, il massacre de ses index une foule imaginaire et pleure le temps quand, adjoint du commandant militaire du district, il dirigeait à coups de gifles les premiers interrogatoires des prisonniers politiques au poste du quartier avant leur transfert à la caserne. Il déteste les foules et tire des deux mains pour ne manquer personne. Je peux te dire : la dernière fois qu'il a vu une foule en vrai, c'était le jour de la chute de la dictature. Des dizaines de gens s'étaient engouffrées dans l'appartement, lui avaient arraché des mains son pied-de-cochon[4]. Ils l'avaient dévêtu de son uniforme, roué de coups de pied, et l'avaient traîné, nu, dans la rue. Là, ils lui avaient mis dans les mains un bidon d'essence et des allumettes et offert le choix entre se brûler vif et brûler l'uniforme qui faisait sa fierté. Il avait choisi l'uniforme. Puis ils lui avaient ordonné de s'en aller loin du quartier. Ils étaient restés à le regarder marcher, tout petit dans sa nudité, jusqu'à ce que les meneurs proposent d'aller s'en prendre à d'autres. Alarik père avait marché longtemps, il s'était caché trois jours dans les égouts. La troisième nuit, il était revenu dans des vêtements volés à un mendiant. L'autre vieux lui avait ouvert la porte d'entrée. Son fils celle de l'appartement, à l'étage. Depuis, il n'est plus jamais ressorti. Personne ne sait qu'il est là. Le fils ne vaut pas mieux, qui raconte à tout le monde qu'il est né orphelin de père et joue la carte du miséreux pour dormir dans le lit des vieilles et leur prendre leurs économies. Puis il s'en va voir ailleurs. La différence avec son père, lui, sa torture préférée, c'est l'arnaque des désœuvrées. Il se prétend artiste peintre. Le soir, quand il rentre, si la pêche n'a pas été fructueuse, il crache sur le vieux. Ces deux-là ils finiront par s'entretuer. Je te l'ai dit, j'y veillerai. J'ai gardé le pied-de-cochon. J'y étais, dans la foule. Une belle fête, le jour de la chute de la dictature. Courte. On passait beaucoup de temps à humilier les petits, et personne ne touchait aux gros. Alarik, il n'était rien qu'un subalterne. Avec un fils qui n'est même pas un subalterne. Résumé du père et du fils : un subalterne ayant perdu ses chefs et un mensonge à vendre à la vieille la plus offrante. Ils se tuent déjà tous les jours. Pour eux, cohabiter, c'est déjà une mort. Personne ne les pleurera. Ils vont finir comme Bernadine, la mère du barbouilleur, que personne n'a pleurée. Bernadine, elle était digne. Quand le garçon est né, elle n'a rien demandé à ce salaud de milicien et voulait l'élever seule. Elle n'était qu'une maîtresse de trop. Mais elle était malade. Pauvre surtout. Un jour le milicien est venu dans une DKW[5] et il a emmené l'enfant. En lui promettant tout. À condition qu'il ne revoie plus jamais la mère. Il a dit oui. À cause de la DKW, du pied-de-cochon, du bel appartement dans l'immeuble du notaire. À onze ans, il avait déjà la folie des grandeurs. Aujourd'hui que le père n'a plus ni DKW, ni pied-de-cochon, ni les chèques de l'assistance sociale et du service des volontaires de la sécurité nationale, il lui reproche de n'être qu'une loque et s'invente une mère. Bernadine, il y a longtemps qu'elle est morte. Et elle n'a eu droit qu'à l'oubli et l'indifférence. Comme tant de femmes ici. Jeunes, vieilles, mariées, célibataires, sur cette colline du Calvaire, l'usage est que les femmes souffrent et meurent comme si de rien n'était. Comme si c'était leur devoir, leur fonction ou leur naturel. Je peux te dire, sur cette colline du Calvaire, le naturel, ce sont les arbres, les oiseaux et les pierres. Le naturel, il est parti depuis longtemps. Je ne sais pas si on peut le faire revenir.

Mais je sais que qui a causé la souffrance doit finir dans la souffrance. Alors je te promets : d'abord les Alarik. Puis l'Héritier. Peut-être le pire de tous. L'oubli. L'indifférence. C'est ce à quoi ils auront droit. L'oubli. L'indifférence. Comme les femmes. La mort va faire d'eux des femmes. J'y veillerai.

POUR MÉMOIRE

Désolée si je t'ai sorti trop vite du passé pour te plonger dans le présent. Je te l'ai dit : moi, la Veilleuse du Calvaire, le seul ordre que je respecte, c'est l'urgence du cri. Quand sonne l'appel de la révolte, les souvenirs n'avancent pas en une colonie d'enfants sages qui attendent chacun leur tour pour demander une permission avant de prendre la parole. Ce sont des légions d'impatiences qui arrivent en même temps, se cherchent chacune une place, une voix, un geste. Moi, la veilleuse du Calvaire, leur dernière espérance, je les laisse surgir en moi, crier en même temps dans ma bouche. Pour ne rien oublier. Si possible. Non, il n'est pas possible de ne rien oublier. Même pour moi. Il y eut tant de crimes. Je me souviens de tous ces corps de femmes disponibles sur commande. Voués à la soumission ou l'ennui. Sans voix. Privés de leur droit à la fête. Au pour soi. À l'insolence. Oui, un corps de femme est une insolence qui souvent insupporte. Et lorsqu'on arrive à chasser le désir, à priver le corps de sa danse, la mort s'installe dans la vie. Le corps prend du retard sur le vent et le chant. Je me souviens de toutes ces filles du Calvaire qui vécurent tristes et moururent tristes, sans chroniqueurs ni biographes. Je me souviens de Gala la rebelle qui ne mourut pas triste. De son corps jeté dans la cellule, du rouge sous sa robe, glissant de son sexe vers ses jambes, de son œil crevé qu'un reste de tissu rattachait à son visage. Je me souviens de son visage qui n'avait plus rien d'un visage quand l'expert donna l'ordre de jeter cette merde dans la fosse commune. Je me souviens de toutes les autres formes de torture. Moins violentes. Plus pernicieuses. Je me souviens de tous ces corps privés de leur droit d'être corps, corps-plaintes, corps-murmures, chairs déjà mortes de leur vivant, exilés de leur sève, de leur souffle, de leurs sens.

En leur nom, pour mémoire, j'emmerde les cochons. Les Alarik, les héritiers et les notaires.

À LA MODE DE CHEZ NOUS

La mode s'affirmait chez les nantis de posséder une carabine et de chercher où s'en servir. L'arpenteur Dieudonné Mérable informa son cousin Marcello, notaire et courtier en immobilier, de l'existence de cette colline qui ne manquait de rien pour faire un terrain de chasse. Il y volait des colonies de ramiers, de pintades et de tourterelles. On y avait relevé peu de traces d'une présence humaine. N'y référaient que deux rumeurs non vérifiées : une jeune fille parlant aux plantes et aux bêtes, vêtue d'une robe légère et aimant courir sous la pluie en aurait fait son lieu de vie, et des jeunes s'y rendraient à l'insu de leurs parents pour donner chair à leurs premières amours. Pour le notaire Marcello Mérable, homme d'ordre et de calcul, ces légendes faisaient trop désordre pour ne pas être que des légendes juste bonnes à séduire des âmes fantaisistes. Marcello Mérable, fils légitime et enfant unique d'un couple austère et casanier qui l'avait attendu longtemps, ne se mêlait guère à la masse. La rue entrait chez lui sous la forme de son cousin, fils naturel d'un oncle un peu voyou, peu soucieux des étiquettes, qui avait abusé des faveurs d'une jolie ménagère. Le notaire n'appréciait guère ce cousin, un garçon fruste et peu soigné, et ne l'invitait point aux dîners qu'il donnait en l'honneur de ses clients les plus importants. Dieudonné savait tout sur tout. Sur tous, surtout. Sa contribution était précieuse aux affaires du notaire. Un puits est un puits mais nul besoin de le creuser dans son salon. Marcello considérait son cousin comme un mal nécessaire et ne le recevait que le mercredi soir dans son bureau à l'abri des regards, le temps de collecter les informations sur les bruits de la rue, les terrains à vendre, les faillites et les adultères, les crimes passionnels et les soubresauts de la vie politique.

Les très riches apprentis chasseurs se montrèrent reconnaissants envers le notaire de leur avoir trouvé un lieu proche de la ville et suffisamment exotique pour accueillir leur désir d'épopée. Ils l'invitèrent à chasser avec eux. Très peu inspiré par la violence physique, il ne possédait pas d'arme à feu, mais une collection de dagues, d'épées et de sabres en vue de la création d'un petit musée personnel. Dans leur enfance, quand ils ne se chamaillaient pas, il formait avec son cousin une association d'apprentis malfaiteurs dont Dieudonné était le corps et lui le concepteur. C'est d'ailleurs Dieudonné, en parfait homme de main, qui lui procura, venu d'on ne savait où, un vieux fusil à pompe à la chambre défectueuse. Le fusil en question n'avait de l'arme que l'apparence, ce qui suffisait au notaire qui ne comptait point s'en servir. Le jour venu, les fusils dans leurs gaines, on prit des poses devant les miroirs en adoptant un air farouche. On se mit des casquettes, on vérifia les sangles et la chasse fut lancée. Le directeur de la Banque royale s'improvisa chef de groupe et fit venir un photographe au pied de la colline afin d'immortaliser leur première ascension. En plus du directeur de la banque, M. Alexandre Valbrun ; le ministre de la Marine, l'amiral Erasmus Théophile ; le propriétaire du magasin "À la mode de

Paris", son rival et cousin le propriétaire du magasin "La Petite France", MM. Pierre Bassan et Jean-Claude Bassan ; le propriétaire des hangars abritant les locaux du service de douane, M. André Poulard, au total une petite dizaine de grands commis de l'État et de richissimes commerçants posèrent pour la photo que le banquier s'empressa de faire encadrer et exposa dans son bureau comme leur premier trophée. Seul le notaire Marcello Mérable refusa de se faire photographier. Sur ce point, il s'entendait avec son cousin. Auteurs d'une large variété de faux, actes, relevés, titres de propriété, lettres et testaments, ils connaissaient le pouvoir des choses imprimées. "Les photos, ça peut être pire que les écrits, elles restent. Et qui peut savoir de quoi l'avenir est fait !"

“LAPLI VINI, M A BA W BONBON.”

Oui, j’ai marché longtemps. Et j’ai aimé la nuit. La pluie aussi, comme un grand rire. Je l’appelais : “Lapli vini, m a ba w bonbon.” Je lui chantais : “La pluie, viens, je te donnerai des bonbons.” Elle venait. Nous étions amies. Avec elle je redevenais ou devenais une enfant. Je ne suis pas certaine d’avoir été une enfant dans mon enfance. Mon amie d’enfance, la pluie, je l’ai rencontrée dans mon adolescence. Je l’appelais. Elle venait. Quand elle ne venait pas, je comprenais qu’elle devait être occupée ailleurs avec d’autres enfants.

Aujourd’hui les enfants ne lui offrent plus de bonbons, et la pluie s’est fâchée contre nous. Quand elle vient, elle prend tout.

Maintenant que les arbres sont morts et qu’il y a des centaines de maisonnettes penchées les unes sur les autres et quelques grandes bâtisses délabrées tout le long de la colline, regarde ceux qui marchent plus vite que leurs pas et demande-leur de quoi ils ont si peur, ils te diront : “De l’averse. La pluie, c’est une chose qui change de nom et de fonction selon les circonstances. Quand tu montes, c’est l’avalasse, et même si t’as mal aux pieds, souffres d’asthme ou de rhumatisme, tu t’efforces de courir contre le cours de l'eau avant qu'elle t'arrive aux genoux et freine ta montée. C'est la chute libre quand tu descends. Alors tu vas lentement, comme une bourgeoise de telenovela qui a le temps de prendre son temps dans sa robe de cérémonie pour une énième photo de famille. Peu importe l'eau qui transperce tes vêtements, chatouille ton intimité, ton salut est dans la lenteur. Tu n'as qu'une seule urgence, c'est de ne pas tomber et te péter la gueule."

Je me souviens d'un temps quand les enfants aimaient la pluie. Avant les constructions sur le flanc de la colline. Avant la colère des eaux. Ce qu'il reste de ce qui fut, c'est le pire. Je te l'ai dit. Il ne reste que deux choses ici : les surplace et les pas perdus. Et la peur de la pluie.

DE QUOI L'AVENIR FUT FAIT

Parlons-en, des photos. Moi, la Veilleuse du Calvaire, qui étais là au commencement et qui serai là jusqu'à la fin, je peux te dire de quoi l'avenir fut fait. Entre dans n'importe quelle maison, regarde sous les photos, ne regarde pas la photo, mais en dessous. Tu verras les ombres des sans après. De ceux qui ne possèdent pas une photo de leur grand-père. Les grands-pères ne sont pas égaux dans la boutique du souvenir. À l'époque des chasseurs, seuls les riches avaient droit à une image imprimée à laisser à la postérité. Si tu veux voir le passé, remonter vers hier, il te faudra descendre, creuser. Fais tomber les édifices. Creuse. Prends le pouls de la terre. Tu entendras le murmure de corps qui ne furent jamais photographiés et n'eurent jamais droit à rien. Ni dans leur vie ni dans leur mort. Pas même au souvenir.

Entre dans n'importe quelle maison.

Rue de l'Abreuvoir, numéro trois. Regarde la photo de famille : le petit garçon assis sur les genoux du père. Il a l'air de sourire. Tous les ans, il a ce sourire. Une semaine avant la photo, le père le force à s'entraîner. À cacher la douleur. Il a mal aux pieds. Ses chaussures sont trop étroites et sous le sourire il serre les dents pour ne pas pleurer. C'est la troisième photo annuelle avec les mêmes chaussures. Et le même sourire. Regarde la petite fille sur les genoux de sa mère. Son teint blanchit à chaque nouvelle photo, et son visage amidonné de produits éclaircissants ne sera bientôt plus le sien. Sa mère veut qu'elle blanchisse. "Plus tu seras blanche, plus tu auras ta chance avec les hommes." La fillette n'a pas le choix. Elle a l'âge de l'obéissance. Une fois elle a voulu s'opposer au visage que lui fait sa mère. Jouer aux grandes. Décider de son visage. Les garçons, elle s'en fout. Et puis, s'ils ne veulent pas de son visage tel qu'elle le veut, ils n'auront qu'à chercher ailleurs. La mère l'a frappée en la traitant d'idiote et lui a crié : "Tu veux finir comme moi ?" Ce jour-là la fillette n'a pas tout compris mais elle a appris que sa mère pouvait pleurer. Et pour ne pas que maman pleure, elle se laisse brûler le visage. Regarde sous la photo de la jolie petite famille, tu verras les privations, les mensonges et les sacrifices pour s'inventer une apparence.

Rue des Remparts, numéro seize. Regarde ces lycéens. Les trois de la dernière rangée de la photo de groupe. Le petit au milieu n'a pas de sépulture. Il est mort en mer. C'était sa troisième tentative. Les créatures de l'océan sont aussi effrayantes les unes que les autres. Mais elles n'ont pas les mêmes manières. Les requins ne sont pas comme les garde-côtes. Ils acceptent les cadeaux que leur fait la misère. Le grand à la droite du petit, il a changé de nom et fait la pute dans un bordel homosexuel à San Pedro de Macrorís. Et le dernier à gauche, tu viens d'entrer chez lui. Il habite toujours rue des Remparts, numéro seize. C'est un retraité du service national d'eau potable. Quand il y travaillait, il y avait un soupçon de canalisation et quelques filets d'eau potable. Les gens faisaient la queue devant le robinet de la fontaine publique. Aujourd'hui il n'y a plus ni canalisation, ni fontaine, ni même la vieille enseigne "Service d'eau potable". Et lui ne boit plus que du rhum. C'est lui l'homme qui boit seul et marmonne un hymne à la mort dans son délire d'alcoolique.

Rue de la Fortune, dans l'immeuble qui appartient au petit-fils du notaire, passe devant l'appartement des Alarik. Évite pour l'instant celui que s'est réservé le propriétaire. Entre dans le troisième. Regarde sous la photo de mariage. Sur la photo, il y a un beau couple. Ils sont jeunes. L'homme sourit à la femme. Elle le contemple, admirative. C'est une photo vive les mariés sur un fond bleu qui n'est pas une vraie mer, mais un décor choisi dans un studio professionnel. Tu vois leurs visages et leurs bustes. Et le bleu de la fausse mer. Ce que tu ne vois pas, c'est comment il lui serre la main avec amour. Un peu trop d'amour. Un amour qui écrase. Depuis le premier jour. C'est Fritz, le chauffeur mécano, et sa femme, Marlène. La photo est vieille de dix ans. Et chaque jour, depuis dix ans, il lui serre la main de plus en plus fort. Sa main à elle en est devenue toute molle et tremblante. Sa voix aussi. Elle voulait être chanteuse. Elle ne chante plus que pour elle-même. Quand Fritz part travailler, il ferme la porte de l'appartement de l'extérieur. Marlène se met alors à fredonner des romances d'un autre temps. Sa préférée : "Rossignol de mes amours." Elle chante nue et se prend dans ses propres bras. Elle fait le duo à elle seule : la princesse et le rossignol.

Les deux chéris de la romance. Quand on est seul et qu'on veut vivre une belle histoire, on doit jouer tous les personnages. Moi, la Veilleuse du Calvaire, qui étais là au commencement et serai encore là à la fin, je sais comment chaque solitude s'invente ici un frère, un amour, une compagnie imaginaire.

Je sais de quoi l'avenir fut fait. Pour Marlène et les autres avant elle. Pour le dernier des Mérable qui a hérité de la maison construite par son grand-père. Lui aussi il observe Marlène. Il regarde par la fissure entre les deux appartements. C'est tout ce qu'il peut faire. Regarder. Il y a longtemps qu'il regarde. Interroge-le sur ce qui fut, sur ce que le passé a fait au présent, il jouera à l'amnésique. Prétendra ne retenir que la grandeur d'antan. Le petit musée de son grand-père. Les commerces florissants. Les parades, les pèlerinages. Les promenades de notables, les époux donnant le bras à leurs épouses. Les échanges de politesse et les invitations à prendre le thé ou le café. Les concerts privés de musique de chambre. Les lustres dans les quelques villas dans lesquelles le personnel n'entrait pas par la porte principale. Mais moi je sais qu'il se souvient. De tout. Les premières maisonnettes. Les nouvelles maisonnettes venues s'appuyer contre les anciennes. Les logis qui se tiennent, collés les uns aux autres, pour ne pas tomber. Les courbettes obligées devant les sbires de la dictature. Les petits compromis. Les grands compromis. Les mariages arrangés. Les villas aux vitres brisées. Les façades non repeintes. Le violon à l'encan. Les pièces du petit musée dont on se sépare avec peine, en pleurant presque. Celles dont on se sépare ensuite les yeux secs mais la tête baissée, la résignation succédant à la peine. Les mensonges. La violence. Les vierges. Nous parlerons plus tard des vierges. Il joue à l'amnésique. Il va bientôt mourir et croit que la chose se passera en douce. Lorsque l'on souhaite mourir en paix, s'acheter une dernière innocence, le privilège de la vieillesse, c'est de choisir ses souvenirs. L'on se dit que si l'on ne se remémore pas un certain nombre d'événements dont on a été l'acteur ou le témoin, on parviendra à se convaincre qu'ils n'ont jamais eu lieu. Je les connais, moi, les Mérable. Je les connais depuis que le premier d'entre eux a posé son regard cupide ici, volé à la terre son destin et érigé cette bâtisse pourrie par le temps.

Je sais de quoi l'avenir fut fait. Un long chemin. Le chemin qui conduit à la décrépitude.

DE LA CHASSE ET DE L'IMPORTATION DES PRODUITS DE LUXE

À court d'exercice, ces messieurs arrivaient au sommet de la colline les chevilles enflées et l'humeur morose, visaient mal et manquaient leurs cibles. La montée était âpre, sportive. Ils l'agrémentaient de longues périodes de repos nourries de petits pains au beurre et de saumon fumé d'Allemagne, arrosées de vin et de cidre importés de France. Importation et exotisme. Les parties de chasse combinaient les deux. Du haut de la colline, les chasseurs dominaient le port. Après avoir risqué quelques cartouches, vexés de toujours faire long feu, fatigués du ridicule, craignant surtout de se faire tuer par plus maladroit que soi, ils donnaient le gain aux oiseaux, baissaient la tête, remettaient leurs fusils dans leurs gaines et dirigeaient leur regard vers le bord de mer. Soudain ragaillardis par le spectacle des bateaux en attente sur le débarcadère, ils s'asseyaient pour discuter de la valeur des nouveaux arrivages. Tissus, marbres, farine, huiles, parfums, parures et autres produits importés de la vieille Europe dont ils ne manquaient de vanter la beauté et le raffinement. Le major Helmut Hanks, lui-même importé d'Allemagne par une famille mulâtre, était le seul à fuir ces conversations de bourgeois ordinaires sur les marges de profit, les monuments historiques et la circulation des marchandises. Il avait le succès modeste. Ce pays lui avait offert plus de titres et de qualités qu'il n'avait pu en espérer dans le village de Bavière où il était né et avait exercé la fonction d'aide-comptable dans une exploitation de lait et de fromage. En réalité, c'était plus affaire de comptage que de comptabilité. Après une courte enfance, il avait passé les dix premières années de sa vie d'adulte à compter les vaches et les ustensiles, superviser l'embouteillage et le nettoyage des crémières. Il avait aussi fait le compte des morts. Son père, sa mère, les amis, les voisins, les très vieux et les demi-vieux, les robustes gaillards et les matrones usées, quasiment tous les habitants du village passaient par la laiterie et ne la quittaient que le temps des derniers sacrements avant de descendre dans leur tombe. Pour lui, le lait sentait la mort. Il avait finalement réuni les économies cachées sous son matelas, bu un dernier bock au "Bar de la Place" à la santé du bar, de la place, des vaches, de ce village dans lequel il ne remettrait jamais plus les pieds, et s'en était allé tenter sa chance dans l'anonymat des grandes villes. Il y avait appris à courir de vrais bars et les petites annonces. La chance lui avait souri. Une annonce signée "grande famille" cherchait "jeune homme viril et sans attaches". "Voyage vers les îles assuré." Sa virilité, il l'avait confrontée au talent des prostituées, elles l'avaient évaluée au-dessus de la moyenne. Quant aux attaches, ne l'intéressaient que celles qui l'éloigneraient du souvenir des années de laiterie et feraient de lui un homme neuf, sans mémoire. Les grands explorateurs n'avaient pas eu sa chance. S'ils étaient célébrés dans des livres d'histoire et avaient donné leurs noms à des fleuves et des continents, des peuples entiers leur en voulaient, allant jusqu'à jeter leurs statues à la mer. Génies incompris en mal de terre d'accueil ou fous désœuvrés voulant jouer aux prédestinés ? La querelle perdurait. Le major Helmut Hanks ne s'intéressait guère à la philosophie de l'histoire et ne souhaitait nullement soulever des controverses pour se forger une place dans la postérité. En garçon simple, il voulait profiter de sa chance : le nouveau monde venait à lui sous la forme d'une offre d'emploi. La transaction eut lieu dans un hôtel, à Augsbourg. Un homme, presque blanc, l'avait pesé, soupesé, trouvé beau et fort. En plus de ces qualités naturelles, il possédait une vertu qui manquait aux autres prétendants : le silence. Ce n'était pas, comme le crut le recruteur missionné par ses futurs employeurs, qu'il avait le sens du secret. Il ne possédait pas de secret. En plus, dans la laiterie il n'avait jamais eu grand monde avec qui parler, sinon quelques camarades de son âge. Ils épuisaient vite les sujets déprimants. Les morts, ceux qui étaient déjà entrés dans la mort de leur vivant ; ceux qu'elle avait vaincus à la loyale au terme d'une longue maladie ; ceux qu'elle avait eus par surprise, forçant leurs proches à verser des larmes improvisées. Le copain hier assis à leur table, parti avant le lever d'un soleil pâle, sans prendre le temps de dire adieu. Le ciel, si gris parfois qu'on attend d'en voir tomber une neige sale. Les jeunes filles. Si tristes, les jeunes filles. Qui se transformaient à vingt ans en travailleuses costaudes sans appétit pour le plaisir. Halte au bavardage qui mène à la déprime et va pour le silence. Sa candidature validée, l'homme lui avait présenté la photo d'une jeune métisse au visage un peu triste, et proposé un contrat de mariage. Il avait fait le voyage vers la Caraïbe sur un bateau de croisière sous la supervision du négociateur, un oncle de la promise. À l'arrivée, en suivant les conseils de l'oncle et en y mettant sa petite part de sens commun, il avait déjà composé son personnage. Un homme sévère et peu bavard. Avec le grade de major, un ajout improvisé à la descente du bateau et approuvé par le recruteur. Dans un pays où chacun se réclamait d'un ancêtre ayant fait la guerre et où des civils posaient l'épée au côté et signaient leur correspondance du titre de général, rien ne saurait être mieux vu que le prestige des épaulettes. Dans la voiture le conduisant à la résidence où l'attendait sa fiancée, le major Helmut Hanks se permit un sourire. Rien n'est beau comme le nouveau monde. On lui donnait une femme, un logis, une moitié de fortune à gérer. Personne ne l'interrogeait sur l'armée dans laquelle il aurait servi. Personne ne lui posait de question sur quoi que ce soit. Pas même sur l'origine de son aversion envers le lait. Sa seule obligation réelle consistait à engrosser sa femme. En sept ans, elle avait mis au monde une poignée d'enfants blonds : Helmut Junior, Franck, Greta, Mario et Maria. Il considérait que le compte était bon et son contrat rempli.

UN MONDE EN NOIR ET BLANC

“Blancs pobans”, “blancs manants”, “blancs-je-vèt”, “blancs bouda chire[6]…”

Moi, la Veilleuse du Calvaire, qui étais là au commencement, je peux te dire qu’il en est venu ici.

Ceux qui croyaient que tous les hommes sont blancs ou que seuls les Blancs sont des hommes.

Ceux qui savaient tout et ne doutaient de rien : le pouvoir crée la certitude. Quand tu as le pouvoir de dire à l’autre qui de ses morts il doit pleurer, quel arbre il doit abattre et où poser la première pierre pour ériger un dispensaire, pourquoi perdre ton temps à l’écouter ?

Ceux qui sont venus avec des fusils pour maintenir l’ordre ou le restaurer.

Ceux qui avaient la bouche pleine d’“il n’y a qu’à”. Il n’y a qu’à ci, il n’y a qu’à ça. Avec leur panier de recettes pour te dire comment cuire ton pain, habiter ta maison, rêver, dormir. Ceux qui ont tout planifié à ta place et qui n’ont rien planifié du tout parce qu’ils ne s’attendaient pas à ce que tu leur répondes : c’est ma place, ma colline, si tu veux je te fais faire une visite guidée…

Ceux pour qui les Noirs, c’est simple, c’est une affaire de genre. Les petits soldats qui peuvent coucher dehors et obéir aux ordres. Les poupées qui doivent être belles et disponibles.

Ceux qui t'aiment plus que de raison, comme un bon maître aime son chien, le dressent à sa convenance pour faire de lui un meilleur chien. Un chien savant, docile, heureux, fier d'être apprécié par les humains.

Et ceux qui n'étaient pas racistes pour un sou, s'en foutaient des histoires de couleur, de race. Comme ce spécialiste de la lutte antiguérilla que la dictature avait fait venir. L'Afrique, l'Asie, les langues, les mœurs, le lieu, la race, la ville, la campagne, il s'en foutait. Traquer, c'était son métier, et il l'exerçait. Il ne connaissait que deux races : ceux qui le payaient et ceux qu'il traquait. C'est lui qui a procédé aux derniers interrogatoires de Gala, sans avoir pu lui arracher un mot. C'est lui qui a dirigé l'opération quand, du sommet de la colline, des jeunes ont essayé d'atteindre la grande plaine pour soulever les paysans dans la lutte contre la dictature. Alarik, il était là, subalterne dévoué, obéissant. Trois des petits jeunes y sont restés.

Je me souviens aussi du petit François. Le jour il travaillait pour une ambassade. La nuit il était avec nous. Il n'avait jamais vu de paysan auparavant. Son art de la guerre et son savoir sur l'humain, il les avait rencontrés dans ses cours à l'université. Il croyait qu'il suffisait d'être paysan pour vouloir la révolution. On avait beau le mettre en garde. Une nuit qu'il avait trop parlé, un agriculteur a alerté le chef de section, le chef de section a alerté Alarik, Alarik a alerté le commandant. Le spécialiste est arrivé, avec l'armée et les miliciens. Des camarades ont fini dans les cachots, trois au sommet de la colline. Le petit François, son ambassade l'a blâmé et ils l'ont foutu dans un avion. Je ne sais pas ce qu'il est devenu une fois rentré chez lui. Peut-être chez lui n'est-il qu'un garçon ordinaire, sans idée, plus discret et moins crédule. Peut-être a-t-il rompu avec ses rêves d'hier. Souvent, c'est quand on arrive chez les autres qu'on se prend pour un autre, qu'on change de rêve, de personnalité. Je peux te dire, il en est venu sur cette colline des faibles qui une fois arrivés se prenaient pour des forts. Chez soi, on n'est qu'une créature ordinaire qui ressemble à tout le monde.

Oui. Il en est passé sur cette colline. Tu connais le proverbe ? “Comme tu viens, comme je te reçois.” Il ment. L’inverse aussi est vrai. “Comme je te reçois, comme tu viens.” Ou comme tu t’en vas. Le curé aux mains baladeuses, je ne sais pas s’il a recommencé ailleurs. Mais quand il est parti, il avait les mains bandées et un bras en écharpe. Celui-là, je ne l’ai pas raté. Un voyage, ça doit servir à quelque chose. Il a appris ici que si tu mets le doigt où il ne faut pas, tu risques de le perdre.

Je me souviens aussi de Mathias, le petit agronome. Après qu’on avait abattu presque tous les arbres sur les ordres d’un président, le ministère de l’Agriculture avait fait venir un jeune agronome nous enseigner le reboisement. Le fou, il voulait abattre un mapou, faire de la place pour ses nouveaux plans. Les gens lui avaient dit : “Ce mapou, quand viendra le moment il tombera de lui-même. Personne n’y a jamais touché, ni ces crétins de chasseurs, ni ces requins de notaires et de soi-disant investisseurs, ni même la dictature qui tuait la forêt pour déloger les opposants.” Il n’a pas écouté. Ça s’est passé une nuit. Une jeune femme serait entrée dans sa chambre d’hôtel et l’aurait invité à marcher dans la nuit. Du lointain leur parvenait la musique des tambours. Plus ils avançaient dans la direction du mapou, plus la musique était proche. Le petit agronome prit peur à la vue des gens qui entouraient l'arbre, dansaient et chantaient. La jeune femme lui dit qu'il n'avait rien à craindre, que c'était leur façon de célébrer la vie. Que ce mapou, il les avait vus naître et grandir. Tant qu'il serait là, ils sauraient que la terre n'était pas fâchée contre eux et leur renouvelait sa confiance. Le mapou, il a signé un pacte avec le temps. C'est une affaire entre eux deux. Et nous les humains, nous n'avons pas à nous en mêler. Le mapou, il s'effondrerait de lui-même quand son remplaçant commencerait à pousser. Le petit agronome, je ne peux te dire ce qui l'a convaincu, des mots ou du mouvement des corps. Mais après cette nuit il a foutu la paix au mapou. Quand il est parti sa mission finie, les travailleurs et ses collègues étaient tristes de voir s'en aller un ami. Ils lui ont écrit, bien des années plus tard, pour lui annoncer que le mapou était tombé, mort de sa belle mort, mais il en naissait d'autres, solides comme l'amitié. Parfois les mots, ils peuvent aider. Convaincre. Avec le petit agronome ça a marché. Il y en a, tu as beau leur parler, ils n'entendent pas. Il y a des gens qui sont insensibles au langage, à la beauté. J'ai essayé. Ils ont tout faux dans leur tête fermée comme un tombeau de pierre et il te faudrait un burin pour déloger leurs certitudes. Avec le petit agronome, un soir j'ai mis les choses à plat et elles sont devenues égales. Tu vois, les Blancs, les Noirs, quand toutes choses seront égales, à condition qu'elles soient égales, on ne se battra plus sur des histoires banales comme une peau à l'envers.

ESCAPADES ET SERVICE DE CHAMBRE

Sans avoir eu de véritable formation militaire, le major maniait bien le fusil. Dans son village, tout sentait le lait, ses vêtements de travail et ses vêtements civils, le vent, l'eau de bain, le Café de la Place où il passait ses soirées à rêver d'un ailleurs à lui. Pour égayer ses fins de semaine, il avait pris, le fusil sur l'épaule, l'habitude de longues marches s'achevant par l'abattage de guêpiers et autres oiseaux de passage. Il préférait le gibier à la vache, l'odeur du sang à celle du lait, et chaque volatile abattu apaisait en lui l'envie de meurtre alimentée par l'ennui et la solitude.

Les premières années, il avait accompli sa tâche avec l'application qu'on attend d'un professionnel. Se souvenant des leçons des prostituées de Munich et d'Augsbourg, il avait même éprouvé un sentiment de joie et de fierté à initier son épouse aux plaisirs de la chair. Elle avait vite perdu son sourire triste. Et quand l'oncle, assurant le suivi, s'informait de la vie du couple et des résultats de l'investissement, les réponses fournies par le personnel étaient plus que satisfaisantes. Selon la femme de ménage, les époux gardaient souvent la chambre jusqu'à midi. Le désordre des meubles et du lit, édredons renversés, sièges déplacés, matelas posé à même le sol, donnait la preuve que tout l'espace avait été fertilement occupé. Le gardien de nuit affirmait que des cris et des soupirs d'extase traversaient le grand salon, le petit salon, l'office, le quartier des domestiques, le jardin, la cour, et lui parvenaient jusque dans sa guérite. Quant au secrétaire, il avait remarqué que madame, sans lire l'allemand, accueillait avec impatience des petits volumes illustrés arrivant régulièrement de Munich. Ils étaient devenus ses livres de chevet. Elle inscrivait sur une feuille du carnet de papier à en-tête des phrases très brèves qui ressemblaient à des consignes : "Ce soir page vingt-quatre" ; "Demain finir la douze", petites piqûres de rappel qu'elle chargeait le secrétaire de remettre en mains propres à son époux quand celui-ci s'attardait trop à son bureau.

Mais, au bout du troisième accouchement, le major s'était lassé des jeux. Ce n'était pas les périodes d'abstinence imposées par les grossesses successives qui avaient provoqué son désintérêt mais la passion de son épouse pour l'allaitement maternel. Parfois, en pleine action, il voyait la laiterie entrer dans la chambre et entendait meugler les vaches. Le lait montait jusqu'à hauteur du toit. Pris de panique, le major tombait du lit, s'enfonçait dans la mer blanche et se débattait comme un noyé. L'odeur forte du passé menaçait sa raison et lui enlevait ses moyens. Les pointes des seins de son épouse qu'il avait pris tant de plaisir à durcir de ses coups de langue ne lui paraissaient plus être que les robinets d'une fontaine trop généreuse. Il évitait de les regarder, voire de les toucher. L'honnête homme ne viole pas les termes d'un accord mais le devoir conjugal n'était plus que cela, un devoir accompli à la va-vite, quand il ne pouvait s'y soustraire. Ces soirs-là, son travail fini, après un bain chaud et une confortable aspersion d'eau de Cologne, il s'en allait dans la nuit chercher l'oubli.

Il n'est point de fuite sans halte et une odeur en chasse une autre. Le major avait pris goût à l'odeur des serveuses des bars sombres de la zone du marché en fer et des marchandes d'abats cuits installées aux abords de la cathédrale. Habitué des commerces et des tractations, il était prêt à payer. À son grand étonnement, des filles acceptaient de coucher avec lui sans rien exiger en retour. Un bain avant la partie de plaisir, le préjugé étant répandu dans les milieux populaires que les Blancs ne sont pas propres. La partie finie, elles préféraient dormir seules et le chassaient après lui avoir signifié que ce qui était advenu un soir ne deviendrait pour elles ni une contrainte ni une habitude.

Le major Helmut Hanks avait ainsi fait l'amour dans les halles où les marchandes empilaient leurs étals pour la nuit, dans des chambrettes à peine plus grandes que la guérite à l'entrée de sa propriété, dans des impasses au bout d'interminables couloirs, sur des nattes, des lits à trois pieds, des caissons recouverts par une toile de jute. Il rentrait à pied. Parfois il descendait jusqu'au Champ de Mars où traînaient encore quelques ivrognes et amateurs de jeux. L'homme n'avait eu qu'une courte enfance. Il avait développé une passion pour le pike kole[7]*, croyait à chaque fois qu'il avait placé le doigt à la bonne place et s'étonnait de voir la ceinture se déplier comme une couleuvre. À la fin, il avait demandé au maître du jeu de lui enseigner le truc et le lendemain matin si l'envie lui prenait, il semait le désordre dans les ateliers en ordonnant l'arrêt du travail pour jouer avec ses employés sous les yeux des contremaîtres sidérés par son attitude et sa dextérité. C'est au retour de l'une de ses sorties nocturnes qu'il dit avoir croisé celle qui entrera dans la légende et dans ce livre sous le nom de Veilleuse du Calvaire. Le major Helmut Hanks n'a jamais su la décrire. Sauf à dire qu'elle était jolie, sa marche vive et son sourire "comme une lumière dans la nuit". Le major n'était pas un homme de lettres. Ancien* *chasseur, il maniait mieux la carabine que la métaphore. Mais pour un garçon laitier dépourvu de culture savante, "une lumière dans la nuit", c'était une trouvaille dont il resta fier toute sa vie. Cinquante ans plus tard, le soir de sa mort, ce furent ses derniers mots. Il était entouré de Franck, Mario et Maria et d'une dizaine de petits-enfants blonds. Il n'avait jamais vraiment aimé ses enfants : les bébés sentent le lait. Pourtant il regrettait les absences. Qui, aux dernières heures de sa vie, n'aime pas voir devant lui le fruit de son labeur ! Hélas, Helmut junior avait rompu avec la famille et dilapidé sa part d'héritage à jouer le loup des mers dans toutes les eaux du monde sans donner d'autre signe de vie que de rares télégrammes. Par un vote du conseil de famille, Greta avait été exclue du clan pour cause de mésalliance – ses enfants n'étaient pas blonds, elle avait épousé un comptable, un vrai, très noir, chef de service dans l'une des quincailleries de son père. Devant la petite assemblée, le major, pas plus croyant qu'un autre mais pragmatique comme tout mourant, avait émis une dernière espérance : il serait bien que le ciel existât. Peut-être y retrouverait-il cette jeune femme belle comme une lumière dans la nuit qu'il n'avait vue que deux fois. La première, de nuit. Elle était passée devant la cathédrale sans se signer, les jambes et les épaules nues. Il l'avait suivie. Elle paraissait infatigable. Tranquille, comme si la nuit lui appartenait. À l'approche des rues sombres du bord de mer, le major regrettait d'être sorti sans sa dague, cadeau de mariage d'un vrai major allié de sa famille d'accueil. Elle devait lire dans ses pensées et sentir sa peur. Elle se tourna vers lui et lui sourit. Le sourire enleva toute crainte chez le major. Du bord de mer, ils remontèrent jusqu'à la cathédrale. Elle s'arrêta un instant pour causer avec les mendiants, comme on cause entre vieux amis. Puis elle grimpa, agile, la colline. Elle montait en chantant. Le major ne savait pas s'il était amoureux, mais l'expression lui était venue : "une lumière dans la nuit". La démarche et le sourire avaient changé quelque chose en lui. Après être passé de garçon laitier à usurpateur, le temps d'une comparaison il était passé d'usurpateur à mauvais poète.*

La deuxième fois, il l'avait vue en plein jour. Il avait beau passer sa vie à donner le change, il était fatigué de jouer au tireur maladroit uniquement pour ne pas contrarier ses compagnons de chasse. S'il faisait un bon tir, ils l'accusaient de faire comme tous les Blancs venus jouer aux donneurs de leçons et étaler leur faux savoir-faire. Ce nationalisme soudain l'étonnait, mais il n'était pas venu chercher querelle et ne doutait pas de la puissance de malfaisance de toute haine soulevée par les blessures d'orgueil. Il visait mal exprès, posait sa carabine, participait à la conversation de quelques hochements de tête puis s'éloignait et allait s'étendre sur l'herbe en attendant l'heure de la descente. C'est là, raconta-t-il le soir de sa mort, que la Veilleuse du Calvaire lui apparut pour la deuxième fois. "Lumière dans le jour" comme elle l'avait été dans la nuit. Mais l'expression lui parut moins belle, et la deuxième fois, elle ne souriait pas. C'était une lumière en colère, les yeux fixés sur les chasseurs.

CET ENFANT QUI VENAIT D'AILLEURS

Je me souviens du faux major. Je peux te dire, lui ne s'est jamais pris pour un autre. Il avait juste le sens pratique du petit gars de la rue. La rue t'apprend une chose : le sot qui donne, l'imbécile qui ne prend pas. Les riches le payaient pour leur donner la comédie, il leur donnait la comédie. Mais son travail n'était pas son monde. La nuit, avec les filles, il n'avait pas à jouer au major, au riche. Et le nouveau monde, plus que la fortune et les mœurs empruntées des gens de la haute, c'était les abats frits et le pike kole. C'était un petit gars de la nuit. Avec un grand besoin d'enfance. Sans prétention. Sauf en matière de sexe. Personne n'est parfait, et c'est parfois si bête, les hommes. Il avait mis du temps à comprendre que les hommes aussi pouvaient être des objets qu'on ne garde que le temps d'une partie de plaisir. Je me souviens de son émerveillement quand il nous suivait dans la nuit. Nous. "Une lumière dans la nuit." Il ne l'a pas utilisée que deux fois. Chaque femme qu'il rencontrait dans le quartier de la cathédrale était une lumière dans la nuit. Elles lui rappelaient une chose qu'il avait oubliée : la gratuité.

Au fond, il n'était pas méchant. Les filles l'aimaient bien. Il n'insistait jamais quand elles lui disaient non. Il prenait ce qu'on lui donnait, heureux comme un enfant. Émerveillé à chaque rencontre. L'adulte qui a gardé en lui la sagesse de l'enfant, l'exercice infini de son droit à l'émerveillement, peut devenir un homme bon.

Pour le sexe, il se croyait un expert. Pour le taquiner, certaines filles s'amusaient à le conduire à l'épuisement. Vaincu, il s'excusait. Elles lui disaient qu'il ne fallait pas. Qu'il n'avait pas à s'excuser pour quelque chose qui n'était pas vraiment une faute.

Pour les filles, malgré sa richesse, le faux major, c'était une sorte de travailleur immigré, un petit gars d'une autre campagne qui aurait pu être leur cousin, auquel elles apprenaient que la nuit était belle. Il avait la peau à l'envers. Mais ce n'est pas un crime.

PREMIER DÉLUGE DE PIERRES

Lorsque le major Helmut Hanks raconta ses deux rencontres avec la Veilleuse du Calvaire à ses compagnons de chasse, une partie de son entourage le crut atteint de troubles mentaux consécutifs à des blessures de guerre. Ceux qui n'étaient pas dans le secret de son origine le prenaient pour un véritable héros, un officier d'infanterie ayant survécu à l'horreur des champs de bataille et désormais hanté par les fantômes des ennemis tués à la baïonnette. Ceux pour qui son passé n'avait pas de secret se disaient que, blancs ou noirs, les paysans n'étaient jamais en manque de superstitions. L'homme avait peur du lait. Et l'Europe n'avait-elle pas inventé les revenants et les loups-garous, les pactes avec le diable, les mafweze[8] et les métamorphoses ! Une jeune femme belle comme "une lumière dans la nuit" ! Ce que le major perdit en crédit chez les rationalistes hostiles à tout mystère, il le gagna auprès des financiers qui virent dans le mythe d'une jeune fille en colère debout au sommet de la colline un stratagème pour décourager les éventuels investisseurs. La ville était en extension, des nouveaux lotissements s'érigeaient çà et là. La colline était à prendre. Le major l'avait compris. Il devait préparer un grand coup et cherchait à éloigner la concurrence. Mais, à malin, malin et demi, vexés de ne pas avoir été mis dans la confidence, le ministre de la Marine et le directeur de la Banque royale décidèrent de le doubler. Ils organisèrent une journée de prospection. Ils prirent la tête d'un petit groupe de financiers et s'engagèrent résolument vers le sommet de la colline. Ils étaient accompagnés d'un agent de la police rurale, du notaire Marcello Mérable, de son cousin arpenteur, et de deux porteurs qu'ils avaient engagés pour monter les petits pains, le vin, le saumon fumé, les registres et les instruments de mesure. Sans croire à la présence au sommet de la colline d'un esprit maléfique matérialisé sous la forme d'une jeune fille inspirant la crainte, les voyages et la fornication, ils avaient jugé prudent de requérir les services d'un curé breton, un exorciste ayant plusieurs fois expulsé les démons locaux des corps des petites paysannes et des novices des couvents. La journée débuta dans la liesse. Les terres n'appartenaient à personne, sinon quelques parcelles à des paysans qui n'avaient jamais pu les occuper ni les exploiter. Pour les titres, le ministre jouerait de son influence et le notaire s'occuperait de la paperasse. Hôtels particuliers, résidences secondaires… une affaire en or. À mi-chemin entre la base et le sommet de la colline, un déluge de pierres dispersa le groupe. Dans la dégringolade, le ministre de la Marine perdit sa casquette et le président de la Banque royale embrassa de trop près un cactus. Les porteurs jetèrent les sacs et les paniers et s'enfuirent en criant. Tous avaient vu, debout au sommet de la colline, celle qui est entrée dans ce récit comme la Veilleuse du Calvaire sans solliciter la permission de qui que ce soit en incluant le narrateur. Les pierres semblaient venir de derrière elle, lancées par des mains invisibles. De très lourdes, trop lourdes pour être lancées par une seule main, qui roulaient, menaçant d'écraser tout ce qui tenterait de les ralentir dans leur course. Des roches fines, légères, aux pointes aiguës, qui filaient plus vite que des étoiles, feintaient l'ennemi, semblaient menacer la tête, frappaient au flanc. Des rondes, pas plus grosses qu'une bille, arrivant par grappes, frappant les deux tibias. L'expédition avait viré au fiasco. Seuls en profitèrent les porteurs qui partagèrent avec leurs familles la réserve de pain, de vin et de saumon qu'ils avaient sortie des paniers et cachée avant la montée. Ils ne se privèrent point de raconter l'événement et bientôt la rumeur se répandit dans la ville qu'une jeune fille avait forcé ces messieurs de la haute à baisser à la fois leurs prétentions et leurs pantalons. L'anecdote du pantalon faisait référence au ministre de la Marine dont le sien s'était déchiré dans sa chute. Atteint dans son orgueil de mâle et de dignitaire, le ministre ne s'avoua pas vaincu. Il reprit contact avec le président de la Banque royale qu'il considérait comme le plus avisé des stratèges du monde des affaires. Ensemble, ils résolurent de tenter une nouvelle expédition en y mettant cette fois les moyens. Ils sollicitèrent l'appui du ministre de la Défense qui leur promit un escadron de la garde nationale. La hiérarchie de l'Église catholique accepta l'idée d'une messe d'action de grâce avec pour célébrant principal l'évêque du diocèse. Il serait assisté de prêtres nationaux et d'origine populaire. Malheureusement, une révolution de palais renversa le gouvernement. Le ministre de la Défense fut tué par des membres de sa garde rapprochée, le ministre de la Marine partit en exil pour la Jamaïque sur une embarcation de fortune. Le président de la Banque royale jura allégeance au nouveau pouvoir, décrocha du mur de son bureau la photo de groupe sur laquelle figurait l'exilé, fit profil bas, accorda un crédit illimité aux nouveaux ministres de la Marine et de la Défense, et se contenta pour un temps des avoirs qu'il avait accumulés. Les curés locaux refusèrent d'assister l'évêque, craignant de finir comme leur confrère breton qui, ayant perdu sa vocation au sommet de la colline, était déjà reparti vers les mers du nord dans ses vêtements civils et un bras en écharpe. Eux n'avaient nulle part où aller. Ils venaient de villages aux yeux desquels partir était une trahison. Les populations avaient pourtant financé leurs années de séminaire en leur envoyant des vivres et de la volaille. Ils ne pouvaient y retourner en habit de défroqué. Il y avait eu des précédents. Tout homme forcé d'abandonner les privilèges de la soutane pour le chapeau de paille et le gros bleu de l'agriculteur subissait tant d'humiliations qu'il sombrait vite dans la folie.

L'histoire mouvementée de la colline du Calvaire débuta donc par un déluge de pierres qui inspira la malice populaire. Pendant quelques semaines, dans les marchés publics, les conversations ordinaires, furent créées de nombreuses expressions à base de la combinaison des vocables "roches" et "Pas touche".

COUSINAGE ET SENS DES AFFAIRES

La deuxième expédition ne dura que le temps d'un rêve. Mais le propre de l'intelligence est de transformer la défaite en victoire. Tout fils de ménagère qu'il était, l'arpenteur Dieudonné Mérable eut une pensée géniale. Quelques mois après l'échec mémorable de la première expédition, il se rendit à midi chez son cousin notaire. Il fit du bruit exprès pour être vu des passants et entendu par les résidents du quartier. Au gardien lui faisant signe d'attendre, il cria qu'il exigeait d'être reçu tout de suite et dans le grand salon. Marcello Mérable crut d'abord mourir de honte et ne reçut son cousin qu'à contrecœur. Mais au fil de la conversation, l'envie de vivre lui revint. Il partageait l'avis de son cousin et se reprochait ses préjugés. Le génie peut venir d'en bas. Où était-il écrit que pour vendre des terres il fallait les avoir en sa possession ! Pas même nécessaire qu'elles existent. Il suffisait d'avoir les titres. Les titres, les relevés… Les deux cousins faisaient la paire. Ainsi la colline du Calvaire, réelle et imaginée, fut-elle morcelée sur papier en attendant le jour où chaque parcelle trouverait preneur. Débonnaire, le notaire offrit à l'arpenteur d'ouvrir un magnum de champagne pour sceller leur nouvelle alliance. Mais, fidèle à ses goûts, Dieudonné sortit de sa poche une pinte de scellé bridé[9]. *En buvant, ils parlèrent de l'avenir puis ils revisitèrent leurs souvenirs d'enfance sans toutefois insister sur les misères que l'un faisait à l'autre sur fond de lutte des classes au sein de la famille. Oublié le temps des pugilats et des injures : "Bâtard !", "Efféminé !" L'avenir était radieux. Les retrouvailles s'éternisaient. L'épouse du notaire s'inquiéta des éclats de rire et des blagues cochonnes, puis du vacarme des ronflements qui montaient du salon. Mantègue, la jeune bonne envoyée s'informer de l'état de ces messieurs, une nouvelle recrue aux formes généreuses, rapporta à sa maîtresse qu'ils avaient enlevé leurs vestes, leurs bretelles et leurs mocassins et s'étaient endormis. Elle oublia de mentionner que le notaire s'était réveillé à son entrée dans la pièce, lui avait mis les mains aux fesses en lui promettant, si elle le voulait, de lui faire un enfant.*

PETITS FAITS D'ARMES

L'arme du peuple, c'est le caillou. Pendant l'Occupation, le marine dont on avait retrouvé le corps au pied du monument de la Croix, c'était moi. Les noces de la fille de l'usurier, c'était moi. Le discours du ministre de la Santé, c'était moi. Comme si on pouvait descendre d'un bateau, abattre les paysans et les arbres, forcer les travailleurs à la corvée, crucifier des gens sur des portes[10]… Comme si on pouvait mettre au monde une fille aussi radine que son père, lui offrir le plus beau des mariages avec l'argent des pauvres qu'on a conduits à la folie ou au suicide… Comme si on pouvait se payer une clinique privée avec les dons destinés au ministère et venir radoter sur la santé pour tous, l'engagement et le bien public… Comme si on pouvait s'offrir toutes ces choses et se pavaner sans avoir droit en retour à un modeste jet de pierres !

Moi, la Veilleuse du Calvaire, qui étais là au commencement et qui serai là à la fin, moi qui fus de toutes les révoltes et toutes les colères, moi, de frondes et de pierres, qui n'ai jamais aimé falbalas-cocardes-écharpes-uniformes-fanfares et tout l'apparat des fausses fêtes, j'en ai lancé sur les défilés, les expéditions, les cérémonies, les cortèges officiels, les noces arrangées… Avec une petite chose coupante, légère et lourde qui fait désordre, j'en ai interrompu des marches, des discours, des parades, des réveillons… Des crimes aussi.

Ce que j'ai ri de voir fuir ministres, banquiers, notaires, députés, tous les chiens en costumes trois-pièces qui sont venus avec leurs piquets, leurs sous-fifres, leurs paperasses, dévier le cours des eaux, abattre les arbres, couper la bonne herbe sous le pied des bonnes gens, tous les chiens savants en attendu que par ces actes et motifs, tous ces beaux parleurs qui sont venus avec des barils de clairin et des fausses promesses chercher des voix pour ensuite jouer au vainqueur, à l'élu, porter sans vergogne insignes et écharpes, tout nous prendre et nous rouler, dans la seule chose qu'il nous restait : la poussière, tous ces rapaces qui sont venus avec leur justice, leur caserne, leurs courtiers et leurs percepteurs…

C'EST LE LANCER QUI FAIT LA PIERRE

L'autre a dit : "Tu es pierre, et sur cette pierre je bâtirai mon royaume." Reste à savoir pourquoi est-ce sur nos pierres qu'ils viennent bâtir leur royaume ? Bien fait pour eux si on leur lance à la tête une partie en dur de ce qu'ils veulent nous voler. Je peux te dire : tant qu'il y aura des pierres, leur triomphe ne sera qu'apparent.

Tu me diras : "Où ira-t-on chercher des pierres ? Le toit de la colline est nu. Les os de la terre sont exposés depuis si longtemps au soleil et à la pluie qu'ils ne sont que boue et poussière. La pierre s'effrite comme la colère. Et que pourraient tes pauvres pierres ? Qu'ont-elles jamais pu ? Même Gala n'a rien pu. Toi, la Veilleuse du Calvaire, qui étais là au commencement et qui seras là jusqu'à la fin, tu t'es battue pour rien. Tu as perdu."

Je te dirai que chaque caillou lancé à la tête d'un salaud est déjà une victoire de la force de nos bras. Je te dirai : "Si ta colère est juste, n'oublie jamais d'armer ton bras. C'est le lancer qui fait la pierre."

LA MAISON DES MÉRABLE

L'arpenteur Dieudonné Mérable fit courir la rumeur que les propriétaires des terres de la colline avaient décidé de les vendre à bas prix. Ces mystérieux propriétaires souhaitaient garder l'anonymat et ne révéleraient leur identité qu'aux acheteurs. Son cousin Marcello prit alors un risque calculé. Dans le quartier de Turgeau où il habitait et avait pour voisins ces messieurs de la finance et du gouvernement, il n'était qu'un petit notable qui invitait plus qu'on ne l'invitait. Ses voisins ne l'appréciaient guère et convoitaient sa propriété. Le directeur de la Banque royale, tous les banquiers sont des faux frères, manigançait en faisant courir des petits bruits désagréables sur l'épouse du notaire qui recevait mal, s'habillait mal, sur les affaires du notaire qui n'allaient pas aussi bien qu'il voulait le faire croire, et, accusation plus sérieuse dont les conséquences pouvaient se révéler néfastes, sur les ambitions politiques du notaire qui, sous prétexte de parties de poker hebdomadaires, organisait chez lui le vendredi des réunions avec des membres de l'opposition. Après consultation de son cousin et associé, maître Marcello Mérable invita à dîner son ami d'enfance, le directeur de cabinet du ministre de l'Intérieur. Après le dîner ils s'installèrent dans la cour pour le thé et le digestif et regardèrent les membres les plus farouches de l'opposition se présenter les uns après les autres au portail de la résidence du directeur de la Banque royale. Le personnel refusait de leur ouvrir. Ces messieurs s'impatientaient en brandissant leurs cartons d'invitation. Le directeur eut beau se défendre et clamer que le carton était un faux, le mal était fait. Cette fois-ci, le complot ne venait pas de paysans frustrés ni de vieux militaires gagas voulant jouer aux héros, mais du monde de la finance envers lequel le pouvoir n'avait été que trop tolérant. Tel fut l'avis du ministre de la Guerre, président de la commission d'enquête créée par le gouvernement. Le directeur fut placé sous surveillance et dut répondre à de nombreuses convocations du chef de la police. Ses déboires ne s'arrêtèrent pas là. Sa maîtresse attitrée fut arrêtée dans la rue par un jeune policier zélé, avec une mallette remplie de gourdes en sa possession. Au moment de l'arrestation, la mallette s'ouvrit et son contenu se répandit sur le sol. Le spectacle attira une foule. La dame eut beau se défendre en affirmant qu'un inconnu la lui avait pratiquement fourrée dans les mains et le directeur assurer que les billets étaient faux, un début de rumeur attaqua la crédibilité de la banque. Un article non signé parut dans un journal sur les dangers auxquels sont exposées les épargnes des contribuables à cause des appétits charnels incontrôlés des responsables des institutions bancaires. Le directeur de la Banque royale se rendit chez le notaire, lui tendit un chèque signé en le priant d'y inscrire le montant. Son chèque empoché, Marcello Mérable fit appel à un architecte français et éleva la première villa sur la colline du Calvaire. En l'absence d'autres notables, on ne peut être vu comme un petit notable. Aucun de ces messieurs de Turgeau ne pouvait se prévaloir d'avoir servi d'exemple et créé un quartier. Qu'y avait-il de mieux pour convaincre d'éventuels acheteurs ! Ce n'était pas qu'une villa, c'était la tentation. Avec un lampadaire rien que pour elle ! Ses portes en bois de chêne et le rouge des flamboyants. Avec la cour intérieure, le petit jardin et la musique de la fontaine. Une maison à chambre haute, comme on aimait dire à l'époque. Mme Mérable régnait à l'étage. Un beau domaine. Trois chambres à coucher dont deux occupées par le couple qui faisait désormais chambre à part. Une salle de séjour avec vue sur la plaine et le port. Au rez-de-chaussée, la petite "salle d'exposition" où le notaire conservait derrière des vitrines ou accrochés aux murs mille et un objets qu'il voulait précieux : animaux empaillés, sabres et poignards datant de la guerre d'Indépendance, documents historiques, tableaux et gravures… Suivaient l'étude, le grand et le petit salon, la bibliothèque, la salle à manger et, au fond, les chambres de bonne. Ayant découvert avec Mantègue les joies de l'adultère, le soir le notaire travaillait très tard. Le jour, souvent il déjeunait seul, en bas, refusait le menu proposé par la cuisinière dont les choix le faisaient grossir, et commandait à Mantègue des hors-d'œuvre aux vertus aphrodisiaques. Il gardait une reconnaissance éternelle à son cousin Dieudonné qui lui avait ouvert les yeux sur certaines choses de la vie. Heureusement ou malheureusement, le cousin Dieudonné allait succomber à un infarctus un soir qu'il montait la colline, après une partie de plaisir en compagnie de trois jeunes filles qui, les trois réunies, faisaient un an de moins que lui. La fête avait duré longtemps. L'arpenteur avait consommé une quantité impressionnante de lambis boucanés et plusieurs petits verres de bois bandé[11] *et de scellé bridé. Le notaire se dit que son cousin avait eu une fin conforme à son credo : "De la bamboche, de la bamboche, encore de la bamboche", parodie des propos d'un révolutionnaire français qui eut la tête coupée un beau jour de printemps. Trois jeunettes et l'ivresse, mourir d'excès d'extase valaient mieux que la guillotine. Il se dit aussi qu'il n'était pas son cousin, toujours trop pressé et pas assez calculateur. Un homme de trop de risques. Le notaire ne prenait que des risques calculés et, n'étant pas du tout attiré par la mort, il jugea prudent de faire une pause sur les aphrodisiaques, prononça une brève allocution aux funérailles de son cousin, "le meilleur des hommes de terrain", et s'appropria les parts du défunt. Les demandes affluaient. La province rêvait de capitale. On voyait dans les rues des gens vêtus du gros bleu de la campagne et portant d'immenses chapeaux de paille. On reconnaissait à leur parler saccadé des gens du grand Sud et à leurs voix chantantes ceux venus du Nord historique. Des jeunes couples se tenant par la main flânaient dans les rues des nouveaux quartiers, s'arrêtaient devant l'allée d'une jolie maison. La femme souriait en posant la main sur son ventre, mais l'homme faisait non de la tête d'un air désabusé. Le couple reprenait sa marche, se rejouait la scène de quartier en quartier jusqu'à ce que la femme pose ses deux mains sur son ventre pour signifier à l'homme qu'elle était épuisée. Le notaire Marcello Mérable faisait aux jeunes couples des prix avantageux. Ses parents l'avaient attendu longtemps. Et lui avait attendu longtemps avant la naissance de son héritier. Tout homme frappé par la grâce se doit d'être généreux en signe de remerciement, confiait-il à sa clientèle étonnée de la soudaine mansuétude d'un homme dont la réputation était celle d'un affairiste impitoyable et que d'aucuns appelaient déjà "le petit requin de la rue de la Fortune".*

LE PETIT REQUIN
DE LA RUE DE LA FORTUNE

Je peux te dire. Le miracle, c'était Mantègue. Le notaire et sa femme ne se touchaient plus depuis longtemps. Ils passaient leur temps, elle à emmerder les servantes et les jardiniers, mes plantes, mes salons, mes couvre-lits, mes taies d'oreiller, ma vaisselle, mes culottes, mon thé, mon collier, non pas celui-ci, à chaque occasion son collier, mon eau chaude, ce coin n'est pas propre, le drap est mal tiré, qu'ils sont bêtes, on ne pourra jamais rien faire de ces gens, la bouche pleine de fiel aboyant des ordres et des injures sur les déficits originels des gens du peuple, toutes piques adressées en réalité à Mantègue qui n'avait plus accès à l'étage. Lui, obsédé par le gain et l'idée d'une descendance, quelqu'un à qui laisser toutes les terres qu'il prétendait siennes, noyé sous sa paperasse de faussaire ou à farfouiller dans les dessous de Mantègue. Mantègue, elle, commençait à en avoir marre des injures de la patronne qui tombaient de l'étage comme une avalanche et de devoir souffrir tous les soirs les ardeurs du notaire. Le meilleur moyen d'y mettre fin, c'était de tomber enceinte. Sans lui dire qu'était venu le temps de tenir sa promesse, elle le mit devant le fait presque accompli. En bon salaud, et obsédé par l'idée d'avoir un descendant qui hériterait de sa fortune, le notaire, génie des transactions, proposa à son épouse de faire passer l'enfant comme celui du couple. Après avoir tempêté pendant des semaines, madame accepta à condition que Mantègue quitte la maison. Madame renvoya ensuite tout le personnel au courant de la transaction, commença à élever l'enfant dans la haine et les préjugés. Elle fit désinfecter la chambre de Mantègue et la transforma en un dépôt dans lequel s'empilèrent les rebuts. Monsieur offrit à Mantègue un terrain et s'occupa de la construction. C'est ça, la vérité. Mantègue, elle ne pleura pas. C'était l'enfant du notaire. Si l'envie lui venait, elle en aurait un ou plusieurs autres avec un homme qui lui plairait. Elle se disait ça, mais après elle n'en a eu envie qu'une seule fois. Dix ans plus tard. Une fille qu'elle éleva seule et qui n'a rencontré son demi-frère que longtemps après la mort du notaire. Ne me demande pas qui est le père. Disons qu'elle l'a eue seule, cette fille, et les deux ne s'en portaient pas plus mal. Mantègue, elle est restée une très belle femme jusqu'à la fin de sa vie. Elle était venue au grand cimetière pour les funérailles de Mme Mérable. Avec sa fille, elles se tenaient loin de la foule officielle des parents et alliés de la défunte. Elle ne lui a pas dit : tu vois ce jeune homme à côté de la crapule, c'est ton frère. Elle n'avait pas à le lui dire tant ils se ressemblaient. En les voyant, le notaire a pleuré. On a cru que, fidèle à lui-même, il jouait une scène et versait sur le corps de sa femme qu'il n'aimait plus depuis longtemps des larmes de crocodile. Quand tu passes ta vie à mentir, tu perds aux yeux des autres jusqu'au droit d'être ému.

Je te l'ai dit, sur cette colline du Calvaire, à l'époque du décès de la chipie Mérable, y avait une boulangerie, un atelier de cordonnerie, deux ou trois ferronniers et une petite boutique de meubles mais la vraie fabrique, c'était le mensonge. Sur l'origine du petit Mirabeau, madame Mérable avait raconté à tous qu'un fils était né de sa chair. Pourtant les simples, les neuvaines, les donations à notre sainte mère l'Église, les travaux de la loge à laquelle appartenait son époux n'y étaient pour rien. Ni les remèdes, ni les génuflexions, ni les appels au Grand Maître de l'Univers, rien n'y faisait. Le miracle s'appelait Mantègue. Madame, ancrée dans son délire, évoquait sa grossesse et les douleurs de l'accouchement : Quand j'étais enceinte… Je n'oublierai jamais le sourire de la sage-femme tellement il était beau… Malheureux le menteur dont la seule vérité est d'être fidèle à son mensonge. Il lui arrivait même, les rares fois quand ils étaient seuls, de prendre son mari à témoin : Tu t'en souviens ? Le notaire ne s'en souvenait que trop bien et s'énervait. En matière de mensonge, sa femme n'était qu'une amatrice. Les amateurs en rajoutent, s'exaltent. À force de prendre le faux pour le vrai, ils finissent par s'embrouiller et attirer la suspicion. Tais-toi, idiote. L'idiote était morte. Elle avait été utile au moment des premières installations sur la colline. Quand le notaire vendait sa prétendue générosité envers les jeunes couples qui connaîtraient bientôt le bonheur de la naissance de leur premier enfant. Je vous fais un prix. Facile de vendre à bon marché ce qui ne vous appartient pas. Et puis, ça aussi c'était un mensonge. Trois semaines de retard et déjà les huissiers et les papiers timbrés.

Sur cette colline du Calvaire, si tu te mets à chercher à travers les âges qui est l'enfant de qui, tu seras étonné de savoir quel parrain est le père de son filleul, quelle fille est la fille de sa sœur, sur quelles fausses déclarations repose tout le cortège de bienséance de bonnes manières d'actes dits de justice qui font les filiations, les descendances, les héritages. Tout cela n'est plus. On n'a plus droit aux luxes, y compris le mensonge. À part quelques pauvres qui essaient d'imiter le souvenir qu'ils se font des riches, aujourd'hui personne n'en a rien à foutre des simulacres d'autrefois. Sur cette colline du Calvaire, les vérités sont crues, la misère, la pauvreté, chacun vit penché sur sa merde et fou qui cherche un voyeur à qui donner le change. Personne ne regarde personne. Pour mentir, il te faut un interlocuteur. Quelqu'un qui s'intéresse suffisamment à toi pour t'accorder une pensée, chercher un sens à ton propos. Quelqu'un qui, par intérêt ou sympathie, cherche à entrer dans tes bonnes grâces. Aujourd'hui même les fous de Dieu qui emmerdent les gens le dimanche ont compris qu'il vaut mieux aller ailleurs chercher des âmes dignes d'être sauvées. Je te l'ai dit dès le début : la prédation et le pillage.

L'os de la terre sucé jusqu'à la moelle. Le bilan, aujourd'hui il ne reste plus rien à sucer, rien à montrer. C'est pour cela que sont partis les derniers riches. Ne reste que le petit-fils du notaire. Une vieillerie. Gardien du dernier mensonge. Moi, la Veilleuse du Calvaire, je vais bientôt lever le voile. Enlever le dernier masque. Ma dernière mission. Mon dernier acte de parole. Mon dernier jet de pierres. Puis une autre parlera.

DU PETIT-FILS DU NOTAIRE, DES CHANSONS ET DES RATS

Dans sa villa qui n'a plus rien d'une villa et qu'il fait semblant de louer alors que les Alarik ne payent pas, le dernier des Mérable passe une partie de son temps à regarder Marlène par le trou dans le mur. Le reste de son temps, il fouille dans le dépôt pour en sortir de vieux objets qu'il caresse avec amour. Il guette les querelles entre les Alarik. Il a peur des mots qui pourraient sortir de la bouche du milicien. Un homme en colère protège mal les secrets. Les Alarik ne payent pas. À cause du secret. Fritz, il paye. L'idiot, il s'en va raconter qu'il se tue au travail pour offrir à sa femme un logement confortable dans une ancienne villa. Tu parles d'une villa ! Le rez-de-chaussée qui ne sert plus à rien. Les appartements en haut. La salle de séjour, la grande salle du repas. Le petit salon, le grand salon… Des noms pour des réalités qui n'existent plus. Le temps détruit les choses, leurs noms s'entêtent à leur survivre. Le rez-de-chaussée, ce ne sont plus que des noms devenus des fantômes. La vraie vie, elle est à l'étage. Tout le luxe d'antan, cassé, fini, pour aménager ces espaces morcelés qu'ils appellent des appartements. Les Alarik, ils dorment dans la même pièce. Enfin, ils couchent dans la même pièce. Je suis certaine que le père ne parvient pas à dormir. Il cache un vieux rasoir sous son oreiller. Et il guette. Le fils, il dort plutôt bien. Il la joue pauvre, mais lui a un vrai lit payé par une des vieilleries qu'il a l'art d'apitoyer, tandis que le vieux, il couche sur un matelas pourri. Un logement confortable ! Fritz et Marlène, ils partagent une chambre, mais Marlène ne dort pas. Elle regarde Fritz et la porte d'entrée fermée à double tour. Les seules choses neuves sont les crochets de la fenêtre et les serrures. Quand Fritz part le matin, Marlène lui demande de ne pas oublier la mort-aux-rats et la colle. Les rats, ils ont appris à vivre dans les interstices entre l'étage et le rez-de-chaussée. C'est là qu'ils font leurs enfants. Ils descendent pour se chercher à manger. Il leur arrive de monter. Par curiosité. Et, sans doute, même les rats comprennent que tu ne peux pas passer ta vie à descendre, à dégringoler. Mais ça peut être dangereux, les rêves d'ascendance. Tu crois monter en grade et tu tombes dans le piège. Il en va du destin des rats comme des hommes. Un grattement et soudain Marlène voit apparaître une tête dans la chambre. Il faut de la colle ou de la mort-aux-rats. Marlène préfère la colle. La colle, elle les immobilise de leur vivant et Marlène aime chanter tandis qu'ils agonisent. Ce matin, sa chanson c'est un appel à l'aide. Elle chante "Vénus, mon amie…". Tout en épiant les manœuvres du rat qui pointe la tête dans la chambre. Cette chanson, autrefois tout le monde la chantait. Les troubadours avec leurs banjos et leurs manoumbas[12]. Les jeunes filles en recopiaient les paroles et dormaient avec leur cahier sous leurs oreillers. Dans les rues, les garçons la sifflaient quand passait une beauté. Et puis, un jour, c'était comme si elle était morte. Les gens ont cessé de la chanter. Peut-être ont-ils réalisé que celle qu'ils prenaient pour une étoile n'est jamais qu'une vulgaire planète. La terre leur a donné la preuve qu'on ne peut pas se fier aux planètes. Je peux te dire, quand la dictature nous est tombée dessus, est venu le temps des musiques sans parole. On chantait "lalala, j'ai envie de le dire mais je ne peux pas le dire", et encore "lalala". Et les gens n'ont plus cru à rien. Ni aux mots. Ni à l'amour. À part Gala qui tirait sur les assassins, et les petits jeunes qui voulaient descendre de la colline et soulever le cœur des plaines. Mais personne ne les a suivis. Et Gala, elle est morte sans dire un mot, et sans avoir jamais fait l'amour. On ne doit pas mourir sans avoir jamais fait l'amour. L'amour, si quelqu'un le méritait, c'était elle. Elle m'énerve, Marlène, qui a le double de l'âge de Gala et appelle à l'aide une étoile qui n'est qu'une vulgaire planète. Elle chante. "Étoile de la nuit..." Il fait toujours très sombre dans la chambre, alors les paroles conviennent. Elle a posé la colle juste au-dessus du trou dans les lattes vermoulues et bosselées du plancher. La chanson devient un murmure. Une espérance qui ne sait pas choisir entre un sauveur et un ennemi. "Envoyez-moi l'amour dont j'ai rêvé..." Une étoile, en principe, c'est fait pour être suivie ou exaucer les vœux. Un petit effort, Vénus. Si l'amour ne vient pas, au moins que le rat vienne. Le rat ne sent pas le piège. Il se détend, prend de l'assurance. Une moitié de son corps est déjà dans la chambre. "Voyez, j'ai laissé ma porte ouverte..." Ce n'est pas exactement le cas. C'est Fritz qui détient les clés de la porte. Mais pour un rat, un trou dans le plancher doit suffire. Marlène se cache dans un coin, ne chante plus que dans son cœur pour ne pas l'effrayer. Dans son cœur, elle va bientôt arriver à la fin de la chanson. Même si la chanson est muette, inaudible, elle ne veut pas chanter pour rien. Il faut quelque chose qui ressemble à un événement. Il faut qu'il entre, ce rat, que tout se passe en accord avec les dernières paroles. "Bonjour et puis aussi merci." Merci Vénus. D'avoir fait entrer quelqu'un ou quelque chose dans cette saleté de chambre. Quelqu'un, quelque chose à étreindre ou à écraser. Ça y est. Il est entré. Ses pattes immobilisées par la colle, il essaie de se débattre, tombe sur son flanc. L'agonie sera longue. Ce sera à Fritz d'aller s'en débarrasser. La rue, même la décharge, c'est le territoire de Fritz. Marlène passe beaucoup de temps à regarder mourir les rats et commence à leur trouver une ressemblance avec Fritz. Elle s'interroge. On n'a pas de réponse aux questions qu'on n'ose pas poser. Quelle quantité de colle faudrait-il pour piéger un rat de la taille de Fritz ? Et combien de temps mettrait-il à agoniser ? Plus ils sont gros, plus la fin est lente. Et aurait-elle le courage de vaincre sa peur pour aller chercher les clés dans sa poche ? Fritz, c'est un coriace. Le plus gros rat qu'elle a piégé, il refusait de mourir. Elle craignait qu'il parvienne à se relever. Elle avait dû lui écraser la tête avec le manche d'un balai. Elle l'avait d'abord recouvert d'un négligé bleu ciel qu'elle adorait porter pour attendre Fritz les premières semaines après leur mariage. Ce négligé, elle ne le portait plus depuis longtemps. Fritz l'a jeté avec le rat dans le coin de rue qui sert de décharge. Sans rien dire. Il n'y a pas beaucoup de mots qui entrent dans cette chambre. Le jour, Marlène regarde le silence, le manque d'air.

La nuit, le sommeil de Fritz. Et se dit "je suis morte". Lorsqu'elle est seule, elle se caresse sans y aller vraiment et chante pour le rossignol qui ne viendra pas chanter sous sa fenêtre. Ni dans sa chambre. Dans la chambre, ne viennent que les rats. Elle n'ose pas y aller franchement, jouer à fond avec ses doigts la princesse et le rossignol. Elle est gênée parce que, seule comme avec Fritz, elle a toujours été gênée par l'idée même du plaisir. Elle n'y connaît pas grand-chose mais le plaisir, ça pourrait être une sorte de dévoilement. Un ailleurs en toi. Elle est gênée à l'idée de devenir une autre. Le plaisir, il t'emmène loin. Et rien ne peut t'assurer qu'après lui tu sauras revenir à celle que tu étais avant. Marlène se touche timidement. C'est une caresse suspendue entre l'aller et le retour. Elle est gênée par le regard du rat mourant fixé sur elle, comme s'il voulait l'entraîner dans sa mort ou l'accuser de quelque chose. Oui, elle trouve qu'il ressemble beaucoup à Fritz. Elle cesse de regarder le rat en Fritz, Fritz en rat, et dirige son regard vers la fenêtre. La fenêtre, même lorsque Fritz l'ouvrira à son retour du travail, il n'y aura pas assez d'espace pour qu'y passe un bec ou un chant. Et quand bien même un rossignol parviendrait à entrer dans la chambre, avec quoi lutterait-il contre un gaillard avec une tête de rat qui fait plus de soixante-dix kilos ! Et de toutes les façons y a jamais eu de rossignol sur cette foutue colline et aujourd'hui y a pas un seul oiseau, même mort sauf ceux que le grand-père Mérable avait fait empailler dans ce qu'il appelait la petite salle d'exposition. Aujourd'hui ils sont empilés avec d'autres débris dans la salle du fond du rez-de-chaussée et servent de repas aux rongeurs. C'est une chaîne :

Marlène, elle se meurt à regarder mourir les rats bouffeurs de débris d'oiseaux morts. Ce qu'il reste de la villa du notaire : les lézardes, les gouttières, les poux de bois qui rongent les bordures des persiennes, le sang, les couloirs et les escaliers, les trous et les bosses dans les planchers pourris, les numéros effacés sur les portes des appartements si on peut appeler ça des appartements ; les trous dans la toiture qui penche, le plâtre qui vire en poussière, le luxe d'autrefois empilé dans la grande salle du fond, en bas : les oiseaux empaillés, des tableaux de maîtres qui n'étaient pas de vrais maîtres et qu'on a oubliés, des cadres de miroirs brisés, des almanachs aux feuilles déchirées par les poux et les rats mordant dans les éphémérides… À l'étage, une femme qui rêve d'oiseaux et d'air frais et fait avec les rats ; un père assassin et un fils arnaqueur qui se crachent dessus, et un vieil héritier qui regarde ces terres qui ont appartenu à son prédateur de grand-père et n'appartiennent plus aujourd'hui qu'à la misère et au délabrement. Un vieil homme qui traîne seul dans son appartement dans son costume trois-pièces et ses souliers vernis. Le costume, les souliers, des souvenirs froissés, blanchis, défilochés, aussi ridés que sa face. Je te l'ai dit. Dans cette villa décrépite, la première, et qui fut longtemps la plus belle et la plus enviée, le sot orgueil des parvenus sur cette colline du Calvaire, il n'y a que deux façons de vivre : l'ennui et la violence.

PEUPLEMENT

Les premiers voisins étaient de nouveaux riches. Ils construisirent des villas sur le modèle de celle du notaire qui les invita à former avec lui un cercle de grands notables. Les promus regardaient Mme Mérable d'un air admiratif et la félicitaient pour ses manières que les autres épouses s'empressaient d'imiter. Puis s'installèrent sur des parcelles plus petites des familles moins fortunées que les propriétaires des villas regardaient avec un mélange de mépris et d'appréhension. Une fois leurs papiers signés, les nouveaux venus ont commencé par abattre les chênes et les acajous, tracer des rectangles dans la terre et planter leurs piquets. Quand deux titres semblaient correspondre à une même parcelle, le notaire arbitrait la querelle. Après tout, ce n'était pas la terre qui manquait. Il suffisait aux belligérants de verser quelques frais supplémentaires. Pour bâtir, les nouveaux, des jeunes mariés, clercs, petits commerçants et fonctionnaires, n'avaient ni l'envie ni les moyens de faire appel à la science des architectes et des ingénieurs. Pourquoi accorder à un inconnu le privilège de laisser sa marque sur une terre qui vous appartient ? En ajoutant à cette première folie une seconde qui consistait à le payer pour le voir exercer ses goûts. Il suffit d'avoir été un enfant pour avoir déjà dessiné la maison de ses rêves. Au moment de construire, on fait appel à l'enfant que l'on fut, même si l'adulte est forcé de revoir le rêve à la baisse en considérant les prix du matériau. Les maisons furent un compromis entre l'enfance et le réel. Mais chaque couple put se vanter d'avoir dessiné les plans de sa demeure. Les plus artistes et les moins fortunés ne dessinaient pas de plan, levaient une première pièce puis suivaient leur instinct. On vit ainsi des maisons en forme de fer à repasser, de pilon, de cercueil, de harnais. En réalité, elles ne ressemblaient pas forcément à ces objets, ce sont les enfants qui, forts du principe que toute forme doit ressembler à quelque chose, taquinaient leurs petits voisins en criant : "Toi, tu habites dans un pilon. – Et toi dans un fer à cheval." Une maison pouvait aussi changer de forme, passer du harnais au fer à cheval et du fer à cheval au fer à repasser. Les pièces s'ajoutaient au rythme des revenus, et chaque habitat pouvait attendre longtemps avant de se trouver une forme définitive. Pour l'exécution, on avait fait appel à des contremaîtres qui eux-mêmes engagèrent d'anciens ouvriers agricoles fraîchement arrivés des plaines du Sud frappées par la sécheresse. La majorité des ouvriers n'avait jusque-là jamais travaillé que la tête penchée vers le sol et les pieds dans l'eau. Enfants des rizières et des cannaies, ils connaissaient mieux la serpe et la faucille que la truelle et le mètre et faisaient des débuts difficiles dans la maçonnerie.

S'élevèrent donc sur la colline des bâtisses aux profils étranges, improbables, avec pourtant en commun des intérieurs peuplés d'escaliers aux marches trop étroites donnant sur des couloirs sombres et longs donnant eux-mêmes sur des chambres minuscules.

Durant la période de frénésie que constitua l'érection des chanmottes[13] *et des "pavillons" pour loger les familles et accueillir les commerces, sans cause apparente, alors que les vents étaient calmes et le sol pas plus sec que d'ordinaire, des incendies se multiplièrent et de nombreux ouvriers tombèrent des échafaudages, se brisant qui les reins, qui les jambes. Les chutes et les incendies ne ralentirent pas l'afflux. Nul ne leur accorda le statut de présages. On attribua les feux au hasard jouant avec des allumettes et les chutes à la maladresse des apprentis. Les nouveaux habitants, confiants dans leur avenir, n'attendirent pas longtemps pour battre en vitesse les margouillats, les ramiers et les agoutis dans le domaine de la reproduction. Des cris de nouveau-nés fusèrent dans des maisons auxquelles manquaient encore les portes et les fenêtres. Bientôt la race humaine devint l'espèce naturelle la plus répandue sur la colline du Calvaire. Ainsi naissent les quartiers. Avec leur compte de rues et de coins de rues. Les premières rues furent nommées par les cousins Mérable. La rue du Calvaire, choix du notaire en souvenir de la grimpée qui vira à la catastrophe. La rue de l'Abreuvoir, choix de l'arpenteur, homme de grande soif ayant beaucoup marché, convaincu que tout lieu de vie doit offrir au marcheur un espace où s'asseoir et se désaltérer. La rue de la Fortune, consensus entre les deux cousins. Les autorités publiques ne s'intéressèrent que bien plus tard à la colline où s'élevaient ainsi des maisons aux formes originales au bord de petites rues aux noms pas moins originaux. : rue de l'Évidence, rue des Petits-Matins, rue du Crachoir-Céleste... Vinrent les premiers cafés. À l'angle de la rue du Calvaire et de la rue de l'Abreuvoir, devant un petit café qui fermait tard le soir s'établirent des prostituées. Des débutantes arrivées de la province avec leur beauté juvénile, leur ardeur au travail et leur désir de capitale rivalisaient avec des natures plus âgées ayant fui les collines avoisinantes trop proches du Fort national dont une moitié de la garnison, très active sexuellement en temps de paix, souffrait de la grande vérole. Les premiers cas enregistrés auraient été des sentinelles ayant déserté leur poste certains soirs de pleine lune, guidés par un besoin animal de conquête qui ne souffrait pas le refus. Toute sentinelle pouvant faire fonction d'éclaireur, très vite ils avaient été suivis par leurs collègues et leurs supérieurs. Deux officiers et plusieurs soldats de la garde avaient ainsi succombé à la maladie, les corps couverts d'escarres et la langue enflammée, après avoir dénoncé, dans un délire teinté de repentir, l'armée, la guerre, la paix, les armes, l'inaction et la solitude, les rigueurs et les pouvoirs de l'uniforme, en insistant sur les pouvoirs dont ils avaient largement abusé sur les dames de la population civile. Quelques jeunes gens désœuvrés, amants du vers, constituaient la clientèle principale des bars et discutaient, une poche pleine de poèmes et l'autre contenant de rares pièces de monnaie. Les discussions s'éternisaient. Le ton montait autour de sujets aussi surprenants pour les autres clients que les vertus de l'hypallage opposées à celles de la métaphore ; les étiquettes pleuvaient, de néophyte baudelairien à plagiaire des petits maîtres, en passant par baroque, sauvage, renégat, iconoclaste, copiste, néoclassique… Le reste de la clientèle ne se plaignait point. Les rares fois où cela arrivait, le propriétaire du bar, une sorte d'ogre débonnaire au visage crochu que le cercle des poètes appelait Quasimodo, accusait le plaignant de ne rien comprendre à l'art et au génie. Il rappelait à tous qu'il n'avait besoin de personne pour faire la police de son bar et qu'il était contre toute forme de censure. En réalité, il était amoureux de Marine, la plus jeune des prostituées. Elle avait jugé que ce surnom de Quasimodo lui allait bien, et elle le murmurait avec tendresse dans la chambrette qu'il habitait derrière le bar, quand elle l'y rejoignait après la fermeture. De son vrai nom, il s'appelait Ludovic Lamontagne et avait été portier à Fonds-des-Nègres, charpentier dans la ville des Cayes, contremaître à Jacmel, lutteur à Jérémie, avant de venir s'installer dans la capitale. Il n'avait pas encore fait son choix d'une résidence ni d'une activité. Il cherchait… Une jeune femme qui descendait la colline l'avait abordé en lui disant qu'elle avait soif. Elle était belle, et il sut qu'il avait trouvé un amour, une demeure et un domaine d'activité. Le métier de Marine ne le choquait point. Il avait lui-même exercé un grand nombre de métiers, tous liés à son physique. Et, de tempérament modeste et conciliant, il ne faisait jamais valoir aux femmes ses prétentions à l'exclusivité. Les querelles entre les poètes l'amusaient et lui paraissaient plus saines que les conciliabules autour de certaines tables du fond où l'on ne discutait que de pouvoir et d'argent. Les débats entre les poètes s'achevaient d'ailleurs par des rires. L'apaisement venait de l'ouverture de la porte par Marine. Elle entrait, jetait un sourire à la ronde et ressortait rejoindre ses collègues. Comme frappés d'éblouissement, obligés de reconnaître qu'en certaines occasions le pouvoir de l'image passe de loin celui des mots, les poètes sortaient dans la rue où attendaient les muses. Les services de ces dames étaient aussi requis par quelques pères de famille fuyant leurs domiciles et par des ouvriers du bâtiment auxquels on ne payait pas le logement et qui dormaient sous les échafaudages pour économiser le prix d'une passe. La vie nocturne s'imposait, différente de celle du jour. La nuit appartient au mystère et le jour au mensonge, répétait le poète Clément Pierre, chef de file des jeunes désargentés qui abordaient les prostituées à coups de rimes embrassées et de maximes philosophiques. C'est à cette époque que s'installa la légende de la Veilleuse du Calvaire. La tradition des jets de pierres s'était maintenue et des garnements moqueurs ne manquaient pas de rappeler son origine au bon souvenir des messieurs de la haute. Le notaire Marcello Mérable, qui aimait se pavaner le dimanche dans son costume blanc trois-pièces, ses mocassins vernis, avait essuyé quelques jets. Il avait porté plainte auprès des autorités du fort et obtenu l'installation d'un poste occupé par deux militaires : un caporal et une recrue. Le poste n'avait pas été épargné. Il y pleuvait souvent des pierres que le caporal ordonnait à la recrue de rassembler à l'entrée pour servir à la fois de mur de protection et de preuve du délit. Les poètes et les ouvriers affirmaient avoir vu une jeune femme marcher et danser dans les rues, sympathiser avec les prostituées. Elle aurait même été à l'origine de la révolte qu'elles opposèrent au caporal qui estimait que son grade et sa fonction de gardien de l'ordre lui donnaient droit à deux privilèges : la violence et la gratuité. Un matin, réveillé par les gargouillis de son supérieur, la recrue avait trouvé le caporal ficelé sur son siège, une jarretelle dans la bouche en guise de bâillon. Le poète Clément Pierre, qui devint plus tard un député de la république aux accents jacobins doublé d'un essayiste réputé aux idées libérales, auteur de trois tentatives de révolutions avortées, écrivit dans la partie de ses Mémoires consacrée à ses souvenirs de jeunesse qu'avec ses amis ils avaient bien vu celle qu'on appelle la Veilleuse du Calvaire. Ils lui écrivirent des ballades dont l'histoire littéraire n'a malheureusement pas gardé trace. Ils ne pensaient pas à l'avenir et n'avaient pas les moyens de publier leurs écrits autrement que par des plaquettes tirées à quelques exemplaires, financées à compte d'auteur et offertes gratuitement à quelques amis. Le premier concours de poèmes auquel il avait participé, c'était à leur table au bar de la rue de l'Abreuvoir. Il n'y eut jamais de gagnant. Ils étaient tous trop ivres à l'heure de décider, et nul n'avait vu la jeune femme d'assez près pour juger de la fidélité des portraits poétiques qu'elle leur inspirait. La seule de ces ballades à être conservée fut celle du poète Alcibiade Fleurisier. Les premiers historiens de la littérature, des prêtres et des conservateurs, optèrent pour un anachronisme faisant de l'épouse du poète la destinataire obligée de vers "brûlant de fièvre et de ferveur amoureuse". Le député ne manquait pas de dénoncer le ridicule de la formule, de l'intérieur on ne brûle jamais que de fièvre. Et il était formel. Au moment de la rédaction de la "ballade pour celle qui m'envoûta", son ami et collègue, Alcibiade Fleurisier n'avait pas encore rencontré celle qui deviendrait plus tard son épouse. Il ne connut cette dernière que bien plus tard, à l'occasion d'un bal de la mairie, lorsqu'il s'était mis à fréquenter les cercles mondains en tant que secrétaire particulier du ministre de la Guerre. À l'époque il avait déjà abandonné les bouges, les virées nocturnes et le lyrisme de ses premiers vers pour une vie rangée et un art plus musclé d'inspiration néoclassique ne traitant que des thèmes patriotiques. Le poète Clément Pierre confiait aussi en privé – l'histoire littéraire étant aussi alimentée par la petite histoire – que l'épouse de son collègue et ami n'inspirait guère le lyrisme. Ce n'était pas un couple mais une association qui ne brûlait que d'une seule fièvre : la réussite sociale. Elle en était la tête, il en était la plume. La tête avait conseillé à la plume l'abandon de l'épître amoureuse pour une poésie "plus virile" le présentant comme un homme fort et décidé auquel l'autorité pouvait accorder sa confiance. Ambitieuse, Mme Fleurisier avait aidé son mari à s'élever dans la hiérarchie politique jusqu'au poste de secrétaire d'État et à se faire une place dans le panthéon des écrivains patriotiques. L'œuvre dite patriotique avait la faveur des manuels mais pas celle des élèves qui jugeaient les rimes faciles, le ton faux, de ses appels à "l'union" pour sauver "la nation". Ils leur préféraient le petit vent de nuit soufflant sur les épaules nues et la marche légère de "celle qui m'envoûta".*

SIRÈNE ET LES POÈTES

Les filles dans la rue, elles ne comprenaient rien aux histoires de rimes, de versets. Avec les mots, leur habitude était de faire au plus vite sans se préoccuper des tournures et des consonances. Le seul art qu'elles appréciaient, c'était celui d'être sincère. Et que tu sois maçon ou ingénieur, ça n'avait aucune importance. Le Clément et sa bande, "les compagnons de l'Abreuvoir", elles les aimaient bien. Clément, il n'avait pas beaucoup d'argent mais il payait parfois pour les autres, offrait même une tournée aux filles quand il faisait trop frais dehors. Ça se voyait que ces garçons de l'Abreuvoir, mettre des mots ensemble, les faire chanter, c'était leur vie, leur vérité. Une façon d'aller au bout de quelque chose. Sauf pour l'autre qui avait abandonné la bande quand le notaire lui avait trouvé un poste de secrétaire au cabinet d'un ministre. Il n'offrait rien à personne, buvait à toutes les tournées en s'arrangeant pour ne jamais payer. Sa ballade, il l'avait écrite pour Marine, mais il n'osait pas l'avouer. À cause des bras de Quasimodo. Pourtant Marine, elle aimait bien l'idée d'un homme qui écrivait pour elle. Quand il lui a finalement remis le poème, elle l'a montré à Quasimodo et à ses camarades. Mais quand il lui a demandé de ne plus coucher qu'avec lui, elle le lui a jeté à la tête. Ce poème, il l'a présenté ensuite à chacune des filles en lui jurant qu'il l'avait écrit pour elle. Elles avaient vite compris que c'était un stratagème pour ne pas les payer. Les filles ne l'aimaient pas. Personne ne l'aimait. Marine, elle aimait son Quasimodo. Elle disait : "Il a quelque chose à lui, dans sa tête et dans son cœur." Elle est morte de la syphilis. Elle m'avait demandé de l'aider, d'accélérer la fin avant que son corps ne soit complètement pourri et son esprit détraqué. Je l'ai fait. Et, avec les filles, nous lui avons offert les funérailles les plus colorées de l'histoire de cette colline du Calvaire. Puis Quasimodo a ouvert le bar et offert à boire à tous. Il avait bien quelque chose à lui. Des larmes coulaient dans son sourire. Il avait quelque chose à lui en effet : il aimait la beauté, et la beauté, pour lui, c'était Marine. Tu avais raison, Marine. Pour aimer quelqu'un, il faut lui trouver quelque chose à lui, une marque, un repère, une propriété. Il y a des gens qui puent le mensonge. Même lorsqu'ils sont nus, tu n'arrives pas à leur donner une identité, un contenu. Ces garçons de l'Abreuvoir, leurs poèmes, les filles avaient beau n'y rien comprendre, elles sentaient que pour eux, c'était la vraie vie. Elles n'osaient pas les interrompre et faisaient patienter les autres clients. Sauf l'autre, quand il lisait, il semblait que les mots n'avaient jamais séjourné chez lui et qu'il parlait à côté de sa bouche. D'ailleurs, après avoir cessé de fréquenter les autres, il avait épousé une bourgeoise solide et raide comme un promontoire. C'est comme Alarik junior avec sa peinture. L'autre, il écrivait des vers pour qu'on sache qu'il avait "une belle plume" et se faire embaucher dans un cabinet. Junior, il peint pour se faire soutenir par des vieilles dames qui n'y voient plus très bien et le croient fou amoureux d'elles. Je peux te dire, sur cette colline du Calvaire, j'en ai vu des faux humains sans contenu ni consistance. Des faux êtres. Des sacs vides qui se remplissaient de n'importe quoi. Prêts à se transformer en sauce, en bouillie, en boue, en rien. Avant la dictature, le père Alarik, il n'avait pas de contenu. Une sorte d'errance sans convictions. Quand il s'est engagé dans la milice, il croyait qu'il lui suffirait de porter son uniforme et son foulard rouge. Participer aux parades. Réciter le serment au drapeau. Le commandant lui a fait comprendre qu'un milicien qui n'avait jamais livré ni arrêté personne n'était pas un bon milicien. Un soir, il est entré dans un bar et il a arrêté quatre garçons qui parlaient football sous prétexte qu'ils complotaient contre le gouvernement. Le commandant lui a fait comprendre qu'il ne suffisait pas de les arrêter, qu'il devait les interroger. Il les a tabassés jusqu'à l'aube. Le commandant lui avait fait comprendre que les premières fois il ne fallait pas essuyer le sang tout de suite. Il fallait le laisser sécher, s'habituer à le regarder sur sa chemise, ses mains, comme une couleur sans importance. Faire la paix avec les taches jusqu'à ce qu'elles deviennent comme une présence naturelle. Le commandant avait trouvé un contenu au vide d'Alarik : l'habitude du sang des autres sur ses mains et sur ses vêtements. Content d'avoir trouvé un but ou une identité, l'homme était devenu fier. Beau à ses yeux. Confortable devant son miroir. Quelqu'un enfin. Il ne marchait plus la tête baissée. Il avait pris de l'assurance. Désormais son passage inspirait la peur. Il adorait faire peur. Et mal. Le Junior, son identité, son but, sa boue à lui, c'est d'être devenu un génie de la resquille qui n'aime rien, ne défend rien, ne pense à rien à part organiser sa fuite.

Moi, la Veilleuse du Calvaire, qui étais là au commencement, je peux te dire, j'en ai vu des garçons et des filles qu'on pouvait appeler des artistes. Sirène, qui dansait comme on n'a pas le droit les soirs de carnaval. Les chars, ils n'étaient pas beaux. Sur cette colline, on n'a jamais eu les moyens de rivaliser avec les beaux quartiers qui bénéficiaient du support des compagnies de l'État et des maisons de commerce. Mais on avait Sirène. Elle était à elle seule un spectacle qui valait plus que les couleurs, les déguisements, les bœufs avec leurs cornes jaunes et rouges, les grands oiseaux avec leurs ailes bleues et blanches, les Indiens[14] avec leurs haches, les cow-boys avec leurs lassos, les jambes de bois plus hautes que les toits et leurs immenses rubans tressés aux sept couleurs de l'arc-en-ciel, les Choucounes[15] avec leurs hanches fines et leurs fesses comme des montagnes. Sirène à elle seule, elle valait tout ça. On la regardait et on se disait "c'est ça la vie". Pas besoin de masques, de costumes, de poupées géantes sous lesquelles transpirent trois jours de suite des garçons n'ayant même pas droit au salaire minimum. Pas besoin de poignards, de faux poings, de tessons de bouteille pour blesser un type qui vous a bousculé dans la foule ou un qui ne vous a rien fait, simplement parce qu'un carnaval sans blessé, ce n'est pas une vraie fête. Pas besoin de se frotter au corps d'une fille sans lui demander son consentement, de jouer à l'apprenti violeur pour se procurer du plaisir. Sirène, c'était le droit du corps au mouvement, à l'amour. Quand tu veux, si tu veux… Là tout de suite si tu veux… Un jour elle est partie. Elle s'est payé un passeport, un visa. Dans un pays où les gens possèdent assez d'argent pour encombrer leurs demeures de mille objets inutiles, elle a travaillé longtemps dans une fabrique de bibelots. Dix ans avant de revenir pour quinze jours de vacances. Les valises pleines de miniatures de saints, d'éléphants, d'oiseaux, de ballerines. Mille petites choses les unes aussi minables et ridicules que les autres. Ç'avait été ça son travail pendant dix ans. Pour deux semaines de vacances. On lui a quand même demandé de danser pour les gens de la colline. Elle a répondu que ce n'était pas la saison. Quelle saison ? Le carnaval, c'était elle. On a installé une estrade et retrouvé les vieux musiciens qui jouaient avec elle. Ils avaient les doigts comme morts et manquaient de souffle. La musique sonnait faux. Et la reine, elle ne savait plus. Ils avaient tué son corps. Il était devenu tout raide comme une machine à fabriquer des miniatures. Raide comme un paquet de nœuds. Raide comme ces ballerines en porcelaine qu'elle donna en cadeau aux enfants du quartier. Ses vacances finies, elle est repartie et nous n'avons plus jamais entendu parler d'elle. La Sirène du Calvaire, celle qui ne souffrait pas la concurrence, celle qui avait des hanches pour l'humanité entière, des gestes qui faisaient couler la vie comme un fleuve d'abondance, combien de milliers de ces petits objets minables, sans vie, lui sont passés entre les mains ? Ce salaud de notaire, il passait son temps à faire la morale en vantant les vertus du travail. Le travail, ça peut être la première des retraites. Celle qui t'éloigne de toi-même et te mange toute ton énergie. Quand vient l'autre, il ne reste plus qu'une loque. Je me souviens de toi, Sirène. Et je te regarde danser, le soir, quand j'arpente les armes à la main, je veux dire mes pierres à la main, ce macadam sans mémoire qui ne garde ni l'empreinte d'un pied de reine ni la trace des pas perdus.

CELLE QUI PLANTAIT DES MOTS

C'était avant la dictature, au temps des lampes à kérosène. Y avait cette enfant qui n'aimait ni les poupées ni les moustiquaires. Sa mère lui rendait la vie dure et menaçait de ne plus lui acheter de carnets car elle s'abîmait les yeux à écrire nul ne savait quoi alors que la nuit était tombée depuis longtemps et qu'on n'y voyait plus très clair.

Moi, la Veilleuse du Calvaire, qui fus si peu enfant, un jour je lui ai demandé à quel jeu elle jouait la tête baissée sur ses carnets. "Je plante des mots. Pour grandir, il suffira qu'ils passent par les yeux et les bouches de mes amies."

Ils ne sont passés nulle part. Un jour la mère en furie a allumé un grand feu dans la cour et brûlé les carnets. Et ses amies qui avaient pourtant lu ses mots ne lui portèrent pas secours. La fillette en est restée muette pendant des années. La mère est morte depuis longtemps et la fillette doit être une très vieille femme. Peut-être a-t-elle rompu avec les paris de son enfance et ne parle-t-elle plus à personne. Moi, la veilleuse du Calvaire, qui ne m'avoue jamais vaincue et ne cède rien au malheur, je préfère croire qu'elle plante des mots dans un quelconque ailleurs, sur une colline où poussent encore des arbres.

La maison est restée vide. Le temps lui a enlevé ses vitres et ses couleurs, des briques et des tôles. Dans la cour abandonnée, il ne reste rien pour témoigner que vécurent là deux femmes. Rien. À part une vague odeur de kérosène.

DEUXIÈME VÉROLE
PETITE HISTOIRE D'UN DISPENSAIRE

Si les hommes sont des moutons, la grande vérole choisissait ses proies et ne menaçait pas l'ensemble du troupeau. Quand la petite est arrivée, la mort parut courir plus vite que les naissances. Elle frappait à l'aveugle. Âge. Mœurs. Confession religieuse. Opinion politique. Les données ordinaires qu'on appelle aujourd'hui des variables ne furent d'aucun secours. Le mal frappait tout le monde. Dans la région du Bel Air et principalement sur la colline du Calvaire, les cadavres s'empilaient, et commença le premier exode. Les débutantes d'hier déjà devenues des demi-vieilles repartaient vers leurs provinces natales. Les bars fermèrent, faute de clients. Et, dans les maisons, les lamentations remplacèrent les joyeux babillements. Les poètes et les chanteurs du quartier n'écrivaient plus que sur la mort et personne n'osait plus peindre sa façade de couleurs vives de peur d'attirer l'attention de la maladie. La mort était tellement présente que tous jouaient le mort comme si, pour les vivants, la seule défense consistait dans la feinte et le travestissement. Se cacher dans le lot des cadavres en putréfaction en espérant passer inaperçu.

Deux événements majeurs marquèrent en ce temps-là l'histoire de la colline. Le premier, ce fut l'installation du dispensaire qui, face à l'épidémie, ne constitua d'abord que la dernière halte sur le chemin du cimetière ou des fosses. Le médecin-chef et les trois infirmières furent vite débordés par la grande quantité de cas. Le matériel dont ils disposaient pour les soins palliatifs fut épuisé en quelques jours, et leur principale activité se résuma assez vite à inscrire le nombre de décès dans le registre des arrivées. Le médecin-chef dut faire afficher sur la porte d'entrée que le dispensaire ne recevait plus les morts.

Ce n'est que plus tard, à la fin de l'épidémie, que le modeste centre de santé, construit sur un terrain cédé à la commune par le notaire Marcello Mérable, prit sa vraie place dans la vie de la colline du Calvaire. Des maladies graves, voire mortelles comme la tuberculose et la lèpre, aux affections les plus bénignes, la gratelle provoquée par les poux du pubis, la teigne, l'hydrocèle, le dispensaire s'appliqua à soigner une multitude de patients et fut souvent donné comme un exemple à suivre ou un modèle à appliquer en matière de soins de santé. Il garda longtemps la modeste structure : un médecin-chef, trois infirmières, un gardien et un étudiant de l'école de pharmacie en charge de tous les aspects matériels, comptabilité et manutention. Pour le cent cinquantenaire de l'indépendance, après des travaux d'agrandissement le directeur général du ministère vint avec un discours, des photographes et des médailles. La cérémonie commença en retard, des jets de pierres ayant ralenti la montée des officiels. Sous la présidence d'un général venant d'une famille réputée pour la transmission de problèmes mentaux d'une génération à une autre, une grande campagne fut lancée en faveur de la médecine psychiatrique. Le dispensaire s'agrandit d'une nouvelle salle et d'un nouveau service. La campagne ne donna pas les résultats escomptés. La salle de psychiatrie n'accueillit pas beaucoup de patients, soit que les gens cachaient leurs fous chez eux ou les laissaient circuler librement, soit que les conditions précaires de la population, qui ne faisaient qu'empirer avec la baisse de la production agricole et les crises économiques successives, n'affectaient pas la santé mentale des habitants. Seuls fréquentaient ce service Fanfan le joueur de dames qui, fatigué de vaincre des adversaires imaginaires, enseigna le jeu au psychiatre, et Maboul, le jeteur de sort. En réalité, c'était plutôt un roi des injures qui n'épargnait personne, et qui prenait parfois asile dans le dispensaire pour dormir. Les psychiatres ne restèrent pas longtemps inactifs et devinrent de bons généralistes. Une femme entrait dans la salle dite de psychiatrie et jetait le corps fiévreux d'un enfant dans les bras du médecin, puis se croisait les bras en mode surveillance, avec un regard : qu'attends-tu pour te mettre au travail ? Ou un macho blessé au couteau par un rival arrivait en disant que le vrai médecin, il était occupé, et pas question de se faire coudre par une femme, les femmes lui avaient déjà causé assez d'emmerdes. La population de la colline ne cessait d'augmenter. Les médecins et les infirmières se succédaient, se démêlaient comme ils pouvaient pour obtenir une mutation. Tous les moyens étaient bons : pots-de-vin, avances sexuelles, protections d'un puissant… Le dispensaire avait acquis la réputation d'un poste à éviter. Et y être affecté était considéré comme un échec ou une sanction. Les malades étaient furieux de ne pouvoir se rappeler les noms de leurs soignants et de devoir faire face à un nouveau venu à chaque visite. Sous la présidence à vie, le dispensaire changea de nom et de statut et devint un centre de santé portant le nom de la première dame, la direction administrative en fut confiée à une haut gradée du corps des volontaires de la sécurité nationale. Elle mit fin à la tradition de choisir l'étudiant sur concours et confia le poste à l'un de ses neveux. Elle s'autorisa à corriger les diagnostics d'une longue suite de médecins chefs révoqués au motif d'administrer des traitements trop coûteux non conformes à la politique d'austérité dictée par le chef. Elle ferma l'unité de psychiatrie, l'exercice de la médecine mentale étant considéré comme une activité subversive depuis la rumeur tenace de crises de démence frappant le chef à intervalles réguliers. Il arrivait au président de fouetter un ministre ou un conseiller avec une lanière en nerf de bœuf, d'exiger que tel autre recopie une dizaine de fois le serment au drapeau sur un cahier d'écolier, d'ordonner qu'un officier de l'état-major revête toute une journée un uniforme de caporal pour lui rappeler son origine.

À la chute de la dictature, la directrice et son protégé furent poursuivis et chahutés par une foule nombreuse à laquelle se joignirent une jeune infirmière et des patients. La tante et son protégé n'échappèrent pas au traditionnel jet de pierres. Cette jeune infirmière travailla au dispensaire une dizaine d'années jusqu'à sa mort subite. À son prénom Victoire on ajouta le surnom "la dame au beau sourire." À leur arrivée, les patients, les enfants sans la moindre hésitation, les adultes ayant un peu honte de se comporter comme des enfants, réclamaient Victoire, la dame au beau sourire. Après le décès de Victoire, le dispensaire servit encore quelque temps, mais austérité ou désintérêt, indifférence ou absentéisme, les services se dégradèrent, le personnel se plaignant sans cesse du manque de matériel et les patients du manque de personnel. La population ne le fréquenta plus que pour des cas d'urgence, se remettant à des cliniques privées répondant chacune aux normes et aux horaires fixés par leurs propriétaires.

UN UNIFORME AU BEAU SOURIRE

Les petits riens qui n'exigeaient qu'une suture sèche, un pansement ou des comprimés, et les maux pour lesquels la médecine ne pouvait plus rien. Ses jambes fatiguées quand elle rentrait, se débarrassait de son uniforme, se lavait les mains et offrait à sa fille ce qu'il lui restait de son sourire. Repassaient sous ses yeux les jambes cassées. Les brûlures au troisième degré. Les maladies de la peau. Les maladies de la faim. De la promiscuité. Les bras tordus parce que le père en colère avait frappé trop fort. Les saignements faisant suite aux avortements clandestins. Les vagins infectés parce que les mères les "cadenassaient" d'onguents aux odeurs répugnantes pour éloigner les hommes. Les petits corps malingres trop souvent nourris au tuf et au gros sel. Cette femme que son mari jeta le crâne ouvert dans la salle d'attente parce qu'il la soupçonnait d'adultère. Le rouge du sang sous la serviette avec laquelle, en bonne infirmière, elle avait recouvert le visage de la femme et la hache avec laquelle l'homme lui avait ouvert le crâne. Les crânes rasés des petits garçons, les poux, la teigne. Ses hurlements, sa peur, quand des volontaires de la sécurité nationale armés de mitraillettes Thomson sont entrés achever un patient accusé d'activités subversives. Le chancre. La syphilis. Ses larmes devant la jambe tordue d'une fillette. Une jambe qu'il faudrait recasser, recoller parce qu'un charlatan l'avait mal plâtrée. L'argent des médicaments qu'elle donnait aux patients les plus pauvres et qu'ils utilisaient à d'autres fins. Les garçons qu'on amenait ficelés parce qu'ils s'étaient mis à courir nus dans la rue et à lancer des pierres aux passants. Les vieux qui auraient préféré rester chez eux pour attendre la fin, que l'on amenait de force et qui mouraient assis dans la salle d'attente où leurs parents incrédules tentaient vainement de les réveiller. Victoire, elle avait vu tout cela, touché à tout cela jusqu'à en perdre son beau sourire. Un jour, elle s'effondra, épuisée, parce qu'elle avait travaillé toute la semaine sans prendre de repos, se nourrissait mal pour élever sa fille…

Victoire, c'est le dispensaire qui l'a tuée. Elle y a vu entrer toutes les plaies du monde. Et nombreuses sont celles qui ne sont pas sorties. Elle-même n'en sortait peut-être jamais. Quand elle rentrait, l'énergie lui manquait pour sourire et jouer à la bonne mère.

LA FIN DU DÉBUT

Le deuxième événement à entrer dans l'histoire officielle de la colline du Calvaire fut l'apparition de la Notre Dame du Perpétuel Secours à son sommet un jour de beau soleil et de vie ordinaire. Les premiers à l'avoir vue, ce fut une bande d'enfants. S'ennuyant dans la classe unique alors que la maîtresse, Mlle Béatrice, enseignait l'alphabet aux petits, ils demandèrent la permission d'aller traîner dans les rues du quartier naissant, espérant y trouver des sujets intéressants pour de futures compositions écrites. La maîtresse hésita avant de les laisser partir. Elle était sous la surveillance d'un comité de parents que sa nature informelle et clandestine ne rendait que plus redoutable. On ne connaissait pas d'homme dans la vie de la demoiselle. Seule une jeune femme qu'elle présentait comme sa cousine venait la voir toutes les deux semaines et passait la nuit chez elle. Mlle Béatrice aimait aussi parler aux enfants de matières jugées avancées pour leur âge comme l'histoire et l'anatomie. Elle se défendait en insistant qu'il ne s'agissait que de rudiments, et sa façon de faire amusait les enfants. Il lui fut recommandé de s'en tenir aux chiffres et aux lettres, de remplacer tout amusement par la sévérité et d'éviter tout contact physique avec ses élèves à l'exception de la fessée administrée en public. Mlle Béatrice se félicita par la suite d'avoir pris la bonne décision en laissant sortir les plus grands. Ses pupilles étaient les premiers témoins d'un miracle qui allait entrer dans l'histoire et attirer au sommet de cette colline des milliers de visiteurs. Cela lui accorda un sursis. La surveillance se relâcha quelque temps sur "la maîtresse dont les élèves avaient vu la Vierge".

Les gamins en étaient presque venus aux mains. Un groupe ne vit rien d'étonnant dans la présence d'une femme au sommet de la colline. La Veilleuse s'y montrait de manière assez régulière et leur lançait des sourires qui provoquaient chez eux des troubles qui les poursuivaient jusque dans leur sommeil de préadolescents. Un deuxième groupe, plus observateur ou aux sens plus développés, déclara que ce n'était pas la Veilleuse. Ils ne ressentaient aucun trouble. La robe était trop longue, la femme trop immobile, et le sourire d'une bienveillance un peu triste ne leur inspirait rien de charnel. Non, le regard était terne, ne proposait aucun défi. Et il manquait les pierres. La Veilleuse gardait toujours quelques pierres à proximité. Ce devait être une autre femme. Pour mettre fin à la querelle, ils jugèrent sage de s'en remettre à l'autorité de Mlle Béatrice, certains, déjà instruits des secrets des adultes, ajoutant avec malice que des rumeurs couraient sur son haut niveau d'expertise en ce qui concernait les femmes. Elle les accompagna, suivie des petits, trop heureux de bénéficier du même privilège que les grands. Le passage du cortège attira les regards, et bientôt ce fut une moitié des habitants de la colline qui se dirigea vers le sommet. La femme, vêtue d'une robe bleu ciel et la tête couverte d'un voile blanc, n'avait pas bougé. À la vue de ce sourire figé, Mlle Béatrice donna raison aux garçons qui lui trouvaient un air moins enjoué et une beauté plus fade que celle de la Veilleuse. La nouvelle se répandit vite et, en moins de deux heures, toute la ville s'était invitée au spectacle. On vit des boiteux courant à leur façon pour devancer les bien portants. Des estropiés et des malades portés sur des brancards. Des voitures, des chevaux et des ânes. La Notre Dame du Perpétuel Secours, la foule lui avait vite trouvé un nom et une attribution, resta longtemps à regarder les habitants de la colline et de la ville se bousculant à ses pieds. Puis elle se retourna et disparut. Ceux chez qui le doute persistait se rendirent enfin à l'évidence. Mlle Béatrice avait raison. Elle n'avait ni le déhanchement ni les épaules de la Veilleuse.

L'apparition de la Notre Dame du Perpétuel Secours consacra le nom et l'existence de la colline du Calvaire. Jusque-là, le lieu avait été plus un mystère qu'un quartier. Les uns l'appelaient la Croix, d'autres le Golgotha, toutes dénominations en référence à la difficulté de la montée. Le Calvaire s'imposa du fait des pèlerins qui refaisaient tous les ans le voyage du Christ vers la mort en choisissant des points arbitraires pour poser un instant sous prétexte de refaire chacune des stations.

La Notre Dame du Perpétuel Secours ne réapparut jamais. Cela ne diminua en rien l'afflux des appels à l'aide que lui adressaient les uns et les autres. Échec scolaire, manque d'appétence, trouble de l'érection, querelle de voisinage, chômage et condition économique, vœu de voyage et d'ascension sociale, tous les besoins de l'âme et du corps, avec une nette domination de ceux du corps, furent présentés à la Grande Absente, à grand renfort de cris, de larmes, les bras ouverts et les yeux levés vers le ciel.

BÉA

Elle en a eu marre des soupçons, des persécutions, de ses allées et venues surveillées. C'est vrai, elle n'aimait que les femmes. Non, elle n'aimait qu'une femme. Cette cousine qui venait la voir toutes les deux semaines. Il nous arrivait de les rejoindre. Pour discuter. Ou plutôt pour les écouter. On aurait cru qu'elles avaient passé leur vie à lire et à apprendre. Nous aussi, on était leurs élèves. Et gentilles avec ça. Sans jamais un mot, une remarque, un signe pour exprimer un sentiment de supériorité. Béa, elle a accepté longtemps les remarques, les remontrances, même les coupes sur son salaire de misère. Et elle aurait tenu longtemps. Elle les aimait, ces enfants. Même ceux qui montraient qu'ils deviendraient plus tard des salauds. Elle n'était sévère qu'avec les filles quand elles se laissaient aller. Elle leur disait : "Jeune fille, vous n'êtes pas un chiffon." Ce qui l'a décidée à partir, c'est le crétin d'inspecteur que les parents avaient engagé pour évaluer son travail. Un ami du notaire. Là, elle n'a pas pu. Sa cousine est venue l'aider à déménager. Elle ne possédait rien que quelques robes et beaucoup de livres. Elle voulait en laisser quelques-uns aux enfants, mais les parents n'ont pas accepté. Ils ont engagé le crétin. Le notaire lui a vendu un terrain et il s'est installé sur la colline. Pendant des années il a régné comme le maître du savoir sur cette colline du Calvaire. Le maître du savoir et de toutes les bêtises cachées sous les chiffres et les lettres. Lui aussi il avait ses goûts. Il n'aimait que les garçons. Mais les préférait petits. Très petits. Le soir, il devisait avec le notaire sur le bien et le mal. L'air frais, la terrasse agréable, des citations de grands anciens dans des langues très anciennes. Parfois une pierre passait au-dessus de leurs têtes ou faisait voler en éclats la bouteille de champagne. En jurant, ils se précipitaient à l'intérieur. Et, à bout de souffle, ils se laissaient tomber chacun dans un fauteuil. Cela ne vengeait pas Béa, mais cela m'amusait. Les doctes, dans leur course, avaient retrouvé l'usage des mots courants et perdu leur latin.

DERNIÈRE ADRESSE AU LECTEUR

Ainsi se déroulèrent les premières années de la colline du Calvaire après son entrée officielle dans le grand livre des noms de lieu. Les demandes des pèlerins, des constructions hasardeuses et une population augmentant au rythme accéléré des naissances et des arrivées. Dans les temps plus récents, le quartier alterna de rares moments de gloire et de longues périodes de désolation. Parmi les célébrités qui y prirent naissance, Sirène, la reine de carnaval, Petit Tom, un joueur de foot réputé aussi dribbleur que Pelé, mais aussi Petit Bout, sous-commandant de la milice et tortionnaire craint de tous durant la période de la dictature. Une légende veut que, sous la menace d'une énième tentative d'invasion pas forcément plus redoutable que les autres, le dictateur, étonné de la ténacité des rebelles, fit appel à des mystiques qui lui conseillèrent d'enterrer des corps de vierges dans les quartiers les plus chauds. Pour y ramener le peuple et l'opposition à la raison. Il n'est pas prouvé que le mot d'ordre fût suivi. Il reste que les fils des exilés revenus depuis au pays de leurs pères, les vieux cyniques qui ne reconnaissent pas de limites au mal que peuvent se faire les hommes, et une bonne partie des citoyens ordinaires croient encore qu'avec la complicité de malfaiteurs inconnus, Ti Bout, armé d'un zèle qui frisait la folie, a enterré sept vierges quelque part dans la terre desséchée de la colline du Calvaire.

Il ne nous revient pas à nous, explorateurs des choses du passé, de nous immiscer dans les affaires du présent. Nous avons dérogé à cette règle d'or en suivant jusqu'au temps présent la destinée du dispensaire. Peut-être n'aurions-nous pas dû. Le présent est composé d'ennemis. Il ne peut en sortir que le triomphe des uns et le ressentiment qui accompagne la défaite des autres. Arrivé au terme de notre ouvrage, nous laissons au lecteur la liberté de choisir de la Veilleuse ou de la Notre Dame quelle figure féminine fut la plus envoûtante. Notons que les pèlerins ne subirent jamais l'épreuve des jets de pierres, ce qui laisse supposer entre la Vierge et la rebelle quelque chose comme une entente. Quant aux pèlerins, s'il en monte de moins en moins, ce peut être que les jambes des contemporains sont moins solides que celles des gens du passé. Ou que, pris dans les méandres de multiples affaires courantes, et ne gardant dans leur mémoire qu'une longue histoire de fausses promesses, ils ont chassé de leur esprit celle qu'un poète avait appelée la plus petite et la plus belle des vertus : l'espérance. Mais nous voilà encore éloignés de notre but avec des commentaires que l'on pourrait juger désobligeants sur des personnes vivantes sans doute en proie à des expériences et des réalités dont le sens et la portée, ou l'absence de sens et de portée, ne se révéleront que plus tard. Nous espérons que les chroniqueurs qui relateront leurs aventures auront à leur égard les sentiments que nous n'avons su cacher envers les différents acteurs, même les pires, de cette petite histoire des premières années de la colline du Calvaire : un peu d'humour et de tendresse.

QUAND MEURT LE CONTE

Vas-y. Tire-toi.

Non, ce n'est pas à toi qui lis ce livre que je parle. Je parle à l'autre, dont chaque phrase fut un fleuve. Tari, le fleuve. Bon débarras. S'il faut que coule une eau sur cette colline du Calvaire aujourd'hui desséchée, qu'elle porte en elle la violence d'un torrent et entre dans la maison du notaire Marcello Mérable. Que ce soit une eau forte, capable de monter à l'étage, surprendre l'Héritier dans son costume trois-pièces, les deux Alarik et mettre fin à leur querelle. Et libérer Marlène.

Rappelle-toi ce que je t'ai dit au début. Oui, c'est maintenant à toi qui lis ce livre que je parle. Ce qui compte, c'est ce que le passé a fait au présent. Viens. Entrons dans cette maison où le passé a laissé les restes de sa merde. Je t'avais dit aussi qu'à l'heure du crime auquel je t'invite, je passerais la parole à une autre. L'heure est venue de tuer le passé. Peu importe que moi aussi je meure. Après tout, comme la Notre Dame – un déguisement de fantaisie que je n'ai revêtu qu'une fois, j'aime trop le mouvement pour rester longtemps immobile –, tu l'as compris depuis longtemps : je n'ai jamais été qu'une créature de légende.

VICTOIRE

Je m'appelle Veilleuse. J'ai vingt-trois ans. Il n'y en a jamais eu d'autre sur cette colline du Calvaire. L'autre, je l'ai inventée un soir, dans ma chambre, au retour d'un cours sur "la place de la voix dans la construction romanesque". Comme à l'accoutumée, les Alarik se chamaillaient. Fritz était déjà rentré et couché sur le ventre de Marlène. Ses grognements me parvenaient. Le lendemain il partirait très tôt et Marlène chercherait consolation dans la mièvrerie de ses romances. L'Héritier regardait les ébats du couple auxquels ne participait réellement qu'un seul acteur. Puis, comme il le fait tous les soirs, il était venu me regarder moi. J'aime écrire nue. Avant cette fable, je gribouillais des poèmes comme de nombreux étudiants de la fac de lettres. Étudiants, pas étudiantes. C'est l'un des cas où, dans la réalité, le masculin l'emporte sur le féminin. Les garçons écrivent des poèmes. Certains ont de vraies choses à dire. D'autres, on sait bien que c'est parce qu'ils croient qu'avec un peu de chance ils pourront décrocher une bourse ou une résidence d'écrivain. Les filles, pour la plupart, n'écrivent rien. Pas même un journal qu'elles partageraient avec leurs amies. Le présent ressemble au passé. Là-dessus, Veilleuse n'a pas tort. "Va comme hier, comme hier, comme hier..." Il y a encore des petites filles auxquelles on coupe l'envie d'écrire. Il y a encore de vrais poètes comme Clément Pierre qui affectionnent les mots et accordent une grande place au rêve. Et il y a les Alcibiade Fleurisier pour lesquels toute chose n'est qu'un moyen, un prétexte, une entrée en matière dans une course au profit qui ne dit pas son nom. Des Alarik junior qui n'ont qu'une obsession : parvenir. Un verbe bien plat, une vilenie, quand il n'a pas de complément. Tout : les femmes, sa prétendue peinture, ne présente qu'un seul intérêt, parvenir. D'ailleurs il ne peint rien. Ou il peint "rien". S'il avait un peu de culture, il pourrait me répondre que peindre, comme écrire, peut être "un verbe intransitif". Mais l'abstraction, ce n'est pas son fort. Il m'a invitée à prendre un verre. Je n'avais aucune envie de boire aux frais d'une des vieilles qu'il exploite. Et dans ses yeux il n'y avait qu'un besoin de satisfaction immédiate et comme la certitude que j'allais dire oui. Je n'apprécie pas les gens qui pensent que les autres, en tout ou en partie, leur reviennent de droit. C'est vrai qu'il est plus facile de supposer à l'autre plus de vide que de voix. J'essaye d'éviter ce piège. La place des voix dans la construction romanesque : l'origine de Veilleuse. Elle est née d'une discussion entre filles après un cours. Nombreuses les choses que nous savons sur les autres et nous-mêmes. Je sais beaucoup de choses sur ce quartier, comme si j'y avais toujours vécu. Entre le Calvaire et la Croix, il y eut une bataille quand il fallut lui choisir un nom. L'une dans l'autre, la Croix ou le Calvaire, cela n'annonçait rien de bon. Avec des noms pareils, rien d'étonnant à ce qu'on y cultive le malheur, la seule plante à pousser encore ici. C'est ce que pensent mes amies à la fac. Mais quels que soient les noms dont on affuble les lieux, le malheur, ce sont toujours les humains qui le créent. Veilleuse, elle m'était nécessaire pour donner un langage, une matière à la possibilité d'un autrement. Pour dire la colère aussi. Veilleuse, c'est une cohorte, une assemblée païenne qui fustige et jubile. Oui, elle aura sa part de jubilation. À la fin. Souvent on s'invente un double pour aller au bout de quelque chose en soi : la colère, le désir, la vérité ou la folie. J'ai hérité d'un si triste savoir sur cette maison dans laquelle je vis, ses occupants, son histoire, ses mensonges, ses secrets. Comme dirait Veilleuse, je sais ce que le passé a fait au présent. Alors, avec ou sans théorie sur la "construction de la voix", je suis venue à mes mots par une autre moi ou mille voix en une. Un décalage qui m'a permis de me dire et de me cacher. De glisser mon poème dans le roman. Si tant est que l'on puisse appeler ce livre un roman. Mais les genres, les dénominations, ce ne sont pas des choses auxquelles je pense vraiment. J'ai promis aux filles un ouvrage improbable. C'est ça, ce livre. Distribuée en trois parties, sauvages, inégales, rebelles à tous les ordres, une fusion sans dissolution : la joie de raconter et la rage de dire.

La rage de dire. Pas de me dire. Mes vingt-trois ans ne sont pas l'âge de ma colère. J'aurais pu, comme certains des étudiants de la fac, avoir la colère de mon âge. De l'avenir incertain. Cracher du je. Une colère sans passé, sans histoire, contemporaine. Je dois à ma mère de savoir qu'il n'y a qu'une seule injustice et une seule colère. Et tant pis si ce livre est un échec. C'est que je n'aurai pas réussi à habiter toutes les colères, crier tous les cris. La prochaine fois je ferai mieux. Je m'ennuie de ma petite histoire. Et, avec les filles de la fac, pas toutes, les plus intelligentes, on s'interroge beaucoup sur l'avant nous. Sur ce qui nous précède. Sur l'après aussi. L'après, notre idée est de toutes ensemble le prendre à la gorge. Le secouer. En faire sortir des merveilles. L'après, en rigolant mais avec une bonne dose de sincérité quand même, on dit qu'on en fera une apothéose. J'ai gardé cette idée d'apothéose. Elle me travaille. La troisième partie de ce livre, ce sera comme un cadeau aux filles. Ma mère n'a jamais voulu lire ce que j'écrivais. Elle n'aime pas les confidences, les jérémiades. Sans doute a-t-elle cru que j'y parlais de moi. J'y parlais des passants. Des livres que je lisais dans lesquels il y avait beaucoup de gens. Je parlais des gens qui marchaient dans les livres et des gens qui marchaient dans la rue. Je ne sais pas si un jour je serai considérée comme une écrivaine. Peu importe. Mais je ne crois pas qu'un écrivain a un âge, à moins d'être réductible à sa biographie. Un sujet que je proposerai pour une discussion au prof de théorie littéraire. Veilleuse je suis, et je veux porter tous les âges, signer toutes les écritures.

Pour le faire je revendique le droit à toutes les ruses, toutes les tricheries. Oui, toutes les fois qu'il le faudra je serai Veilleuse qui était là au commencement et qui sera là à la fin. Le chroniqueur aussi, je l'ai inventé. Et toutes les fois qu'il le faudra je serai ce petit monsieur au ventre rond qui raconte en souriant, cisèle, étale, s'amuse comme un enfant. C'est drôle. Je le vois. Comme je vois la Veilleuse qui était là au commencement marcher, faire des pieds de nez aux officiels, faire l'amour, lancer des pierres, courir. Et toutes les fois qu'il le faudra je serai Veilleuse, l'étudiante venue de la province pour faire des études de lettres, qui se bat avec les théories et entend bien gagner le pari d'un livre fou, réaliste et pas réaliste, polar, épique, poème, bancal, mêlant les parties du discours, retombant sur ses pieds, penchant dangereusement d'un côté puis d'un autre, ivre, menteur, vrai, terre à terre, vulgaire même, comique, violent, fleur bleue, fleur tout court parce que les fleurs existent aussi, jeune, vieux, sans horloge ni chronologie, fidèle pourtant au temps qui passe, passé, présent, et l'un dans l'autre, courant les rues, enfermé dans une villa pourrie où même les cœurs pourrissent, d'oiseaux et de rats, de chants et de murmures, de poutres vermoulues et de mapous géants, ne manquant de rien, si, peut-être d'un peu de mer, tu veilleras, Veilleuse, à y mettre à la fin une petite touche de mer…

Marcello Mérable, officier de la loge du Grand Templier, vice-président de l'Association des notaires de la capitale, parrain de plusieurs promotions de l'École de droit et de l'École de commerce, mourut, presque centenaire, un matin de dimanche d'avril, assis devant son bureau dans son costume trois-pièces. Sa mort n'avait rien d'une surprise. L'on s'attendait cependant à ce qu'elle se produisît dans une autre partie de la villa. Ayant pris sa retraite et confié depuis longtemps la charge de l'étude à son fils, il aurait pu choisir de mourir dans sa chambre. Ou, mieux, il aurait pu le faire au soleil, dans la cour ou dans le jardin, car c'était le début de la saison des papillons et des cerfs-volants, une période appréciée des enfants, et l'on dit la vieillesse un retour à l'enfance. Pour qui le connaissait, il n'avait jamais témoigné le moindre intérêt pour les papillons ni les cerfs-volants, êtres fragiles et objets futiles, tous deux symboles de l'éphémère. Quant aux chambres, elles avaient perdu tout attrait depuis la rupture avec Mantègue. Le notaire Marcello Mérable préféra mourir dans son costume trois-pièces, assis derrière son bureau, une pile de dossiers posés devant lui. Derrière ce bureau et au moyen de ces dossiers, il avait produit de la richesse et de la pauvreté, de faux espoirs, inventé des liens de famille, arrangé des mariages et détruit quelques autres, monté tel fils contre son père, tel grand-père contre sa descendance. À sa façon il avait organisé les liens entre les habitants de la colline du Calvaire. Les dossiers empilés devant lui constituaient la preuve écrite du pouvoir qu'il avait exercé. Cette colline, c'était son œuvre. Grande ou petite. Bonne ou mauvaise. Peu lui importait, il n'est pas donné à tout le monde de créer. Le matin de sa mort, il ne demanda pas l'aide d'un domestique pour sa toilette, s'habilla seul et descendit dans l'étude où il avait décidé de tant d'avenirs, forgé tant de destins. Une dernière visite à son lieu de travail. Son successeur à la vice-présidence de l'Association des officiers assermentés de la capitale ne manqua de signaler le mépris de son illustre confrère pour toute forme de paresse et de gaspillage, et la vigueur de l'esprit d'entreprise qui l'avait toujours animé. Son fils, le notaire Mirabeau Mérable, confia que le nonagénaire descendait souvent à l'étude et sortait de très vieux dossiers dont la lecture le plongeait dans une profonde méditation. Les funérailles, objet d'un compromis entre la loge maçonnique, l'Association des notaires, la mairie et l'archevêché, furent grandioses. Contrairement à leur habitude, les musiciens de la fanfare, rémunérés pour l'occasion, n'expédièrent pas les hymnes pour pouvoir vite rentrer chez eux. Les discours et l'oraison funèbre furent publiés dans les journaux et soulevèrent l'admiration des lecteurs, des grands moralistes et amateurs de lettres classiques. Nul événement majeur ne se produit cependant sans ses coins d'ombre. On en constata deux. On reconnut dans le discours du Vénérable de la loge celui qu'il avait prononcé deux ans auparavant pour saluer le départ d'un autre confrère vers le grand Orient. Sa voix était tremblante, son pas instable, il paraissait encore plus vieux que le défunt, et la rumeur se confirma qu'il était gaga, confondait les personnes et se trompait dans les rituels. À la demande du premier surveillant, on convint donc d'organiser des élections anticipées. Le deuxième coin d'ombre fut la musique de circonstance improvisée par une bande de rara[16]*. Un chant païen au rythme des vaccines*[17] *avec des allusions au vol, à l'adultère. Un portrait sans pitié du "petit requin de la rue de la Fortune" s'éleva dans la nuit et enleva le sommeil aux résidents de la colline du Calvaire. La bande s'arrêtait devant chaque maison, pour le salut traditionnel. L'arrêt fut particulièrement long devant la résidence du défunt et le groupe ne consentit à partir qu'après que le fils, désormais seul maître des lieux, lui eut envoyé par deux domestiques une caisse de rhum et une enveloppe de dix mille gourdes.*

Le lendemain des funérailles, comme un homme chargé d'une mission, le notaire Mirabeau Mérable se rendit chez sa mère naturelle et demanda à être présenté à sa demi-sœur. Il expliqua qu'il n'approuvait pas la décision de ses parents. Il était trop tard pour se refaire une mère, mais rien n'interdisait l'entretien d'un lien d'amitié avec celle qu'il appellerait désormais sa sœur. Mantègue était déjà trop vieille pour faire de la résistance et consentit à la rencontre. Voilà donc comment débuta, sous les yeux de la mère ébahie puis inquiète, entre Mirabeau et Andrise une amitié fraternelle qui devint vite obsessionnelle et se mua secrètement en passion amoureuse.

J'aurais pu continuer dans ce style. J'avoue que j'y prends un certain plaisir. Cela me permet de mettre une dose d'humour qui allège et éloigne les éléments du récit de la vraie vie. Mais le temps finit toujours par rattraper le retard pris sur la vérité. Veilleuse, je l'ai inventée. Et le chroniqueur. Le reste est vrai. Enfin, je préfère te dire que le reste est vrai. À toi de savoir si tu courras le risque de me croire sur parole. L'immeuble décrépit, seul héritage de la richesse d'autrefois, existe. J'y habite une chambre d'étudiante. Le propriétaire, l'héritier du notaire, un vieil homme qui sent le moisi et la guigne dans son costume trois-pièces blasé et mille fois recousu, me la loue à un prix dérisoire. Je suis la énième étudiante à laquelle il la loue. Les jeunes filles célibataires se succèdent dans cette chambre. Il a creusé un trou dans la paroi par lequel il regarde. Les Alarik père et fils, Fritz et Marlène, le chauffeur mécano et la chanteuse de chambre existent aussi. Ce monde-là fait mes soirées, quand je rentre de la fac. Le vieux qui passe son temps à faire du voyeurisme, lorsqu'il ne cherche pas des objets à récupérer dans le dépôt du rez-de-chaussée. Le père et le fils qui cohabitent dans la détestation. Je sais que le fils, lorsqu'il rentre ivre, martyrise le père. Une fois il lui a peint le visage aux deux couleurs du drapeau de la dictature et l'a laissé toute une nuit sur le palier. Je ne comprends pas cette haine. Même exercée contre un bourreau. Quant à Marlène, elle ne semble pas avoir la force de détester son Fritz. Elle se venge sur les rats. Il n'en manque pas. Cette colline, comme dirait Veilleuse, ce furent d'abord les oiseaux, puis les hommes, puis les rats. J'ai passé mon enfance à écouter son histoire. Ses histoires. Il n'y en a pas qu'une seule. Il y a autant d'histoires qu'il y a de mémoires. La difficulté, c'est de veiller à ne rater personne, de s'assurer de n'évacuer aucun souvenir. Comment faire pour que ces mémoires multiples participent d'un même récit ? Victoire, les patients du dispensaire lui racontaient leurs histoires. Elle tenait une sorte de registre personnel dans lequel elle notait les noms, les dates, la maladie, les soins. "Francine, rue de l'Abreuvoir, infection vaginale." "Jacob, rue des Chats-Noirs, blessure à l'arme blanche." Elle recevait aussi des patients chez elle. Ces noms-là ne figurent pas dans ses carnets. Pudeur, sens du secret, urgences, des patients évitaient le dispensaire, frappaient à sa porte à n'importe quelle heure, quitte à la tirer de son sommeil. Elle n'en refusait aucun. Pour les cas les plus graves, elle leur conseillait d'aller voir au plus vite un médecin. Ma mère m'a raconté comment un soir est arrivé un blessé par balle amené par des gars du quartier. Un opposant. Un enfant. Comme Gala. Les écoles organisaient parfois des journées d'échange entre les élèves de terminale. Victoire a fait le lien. D'une terminale à l'autre, rencontres clandestines. Sur la colline, personne n'avait cru Gala coupable d'"activités subversives", comme on disait à l'époque. Grand-mère Victoire savait. Le garçon lui avait fait des confidences. On parle toujours trop quand on croit que l'on va mourir. Comment ils s'étaient rencontrés, avaient discuté, s'étaient joints à d'autres plus âgés, s'étaient habitués à la peur, au danger, au silence. Les deux choses les plus dures, c'étaient le silence et l'interdiction d'entretenir des relations en dehors de leurs activités politiques. Gala et lui, ils n'avaient même pas eu le temps de s'aimer. Elle était morte sans avoir jamais fait l'amour. Le garçon, Victoire l'a sauvé. Ses camarades sont partis avec lui dans la nuit. Ce salaud d'Alarik ne dormait jamais, épiait tout et tout le monde. Le lendemain, il a rendu une visite qui n'était pas de courtoisie à Victoire. Il voulait s'informer de l'origine des bruits qu'il avait entendus la veille au soir. Au temps de la dictature, tu n'avais même pas droit au bruit. Victoire a prétendu qu'on lui avait amené un garçon souffrant d'une crise d'épilepsie. En ces temps, l'épilepsie était fréquente, et un sujet de honte. Alarik, il n'a pas cherché plus loin. Avec mes camarades de la fac, on a des idées politiques. Il nous arrive même de manifester. Mais Gala et ce garçon dont je n'ai pas retenu le nom, ils n'avaient pas vingt ans. Avec les filles, on fait des plans de carrière. Celles qui veulent commencer à enseigner tout de suite pour gagner leur vie. Celles qui veulent pousser jusqu'au doctorat et peut-être trouver un poste dans une université étrangère. Celles qui veulent juste un diplôme pour entrer dans l'administration publique et gravir les échelons. Je fais partie de celles qui n'ont pas de plan arrêté. Je suis les cours et, les soirs, j'écris. Mais nous avons toutes quelque chose en commun. Nous ne sommes pas prêtes à mourir. Nous n'avons rien de Gala. Cette présence absolue dans le moment et dans l'action. Cette force de conviction qui permet de donner le change, de consentir à vivre une fausse vie. Nous n'avons pas non plus grand-chose à voir avec Victoire. Cette disponibilité jamais négociée. Le jour où elle a cessé d'être disponible, c'est celui où elle s'est effondrée dans la salle d'attente du dispensaire. L'infirmière au beau sourire. Victoire. Ma grand-mère que je n'ai pas connue. Après sa mort, ma mère a laissé la colline pour s'installer ailleurs. Je suis née dans une autre ville. Deux éléments m'ont pourtant toujours rattachée à ce lieu. Le registre de Victoire. Et le souvenir que ma mère avait d'une amie d'enfance, Tifène. Elle était leur voisine et venait souvent se réfugier dans les bras de Victoire. Elle écrivait dans des cahiers. Sa mère jugeait que c'était là une habitude détestable. Dangereuse. La peur des mots installée par la dictature visait autant les écrits que la conversation. Et qu'est-ce qu'une petite fille avait à se raconter et raconter aux autres ! Lorsqu'elle venait la chercher chez Victoire, la mère de Tifène confiait à sa voisine qu'elle craignait que cette solitude en compagnie des mots ne développât chez sa fille de mauvaises pensées, en plus de lui abîmer les yeux. Un jour qu'on avait arrêté une famille entière, au motif qu'on avait trouvé dans leur bibliothèque des ouvrages subversifs, la mère de Tifène avait brûlé les cahiers de sa fille dans la cour de leur petite maison. Il y avait aussi que dans la même semaine on avait assassiné un grand écrivain. La tante de l'un de ses disciples avait jeté dans des latrines les écrits non publiés du maître. Tifène avait donné à lire les “mauvaises pensées” qu'elle griffonnait dans ses cahiers à ses camarades. L'une d'elles l'avait trahie et fait lire les cahiers à une adulte offusquée d'y trouver un contenu immoral, en tout cas trop éloigné des préoccupations normales d'une vraie petite fille. Tout avait joué contre Tifène, tous les ordres réunis, et ses cahiers avaient fini en petits tas de cendres dans la cour. Puis Tifène et sa mère étaient parties. Ma mère ne les a jamais revues. À la mort de Victoire, ma mère aussi avait décidé de partir. Je suis née dans une autre ville et ne suis revenue à la capitale que pour mes études universitaires. Il y avait cette chambre à louer. Je l'ai prise. L'Héritier n'a pas posé de questions sur mon origine. Je crois que ce sont mes seins qui l'ont décidé. Cela m'arrangeait. C'était comme si j'avais toujours habité cette colline. Toutes les histoires que ma mère m'avait racontées. Mais plus que tout, le registre de Victoire que je garde dans ma chambre. Et l'histoire de Tifène. Moi aussi, j'ai toujours écrit des choses dans des cahiers depuis l'enfance. Ma mère, qui se refuse le droit à la nostalgie et n'a jamais perdu son temps à m'exprimer une tendresse démesurée, m'a toujours dit, dans ses rares moments d'abandon, que je lui rappelle Tifène quand j'ai la tête penchée sur mes cahiers. Au début j'étais jalouse de cette amie d'enfance qui me volait une part de mon enfance à moi. Ma mère, je suis sa fille. L'ayant droit par excellence. Je ne devrais lui rappeler personne sinon elle-même. Surtout pas une amie qu'elle n'a pas vue depuis plus de trente ans. Puis j'ai compris que les mères aussi ont le droit d'être des petites filles. De vouloir le rester. C'est pour rester une petite fille qu'elle m'a raconté tout ce qu'elle savait sur cette colline. Ma mère. La dure qui traversait les épreuves sans larmoyer, la secrète qui ne m'a jamais parlé de mon père, un accessoire sans importance, m'invitait dans son enfance. Et cela m'a plu d'être à la fois moi et le souvenir de Tifène. Peut-être un jour pourrai-je trouver d'autres moyens de lui rendre ce qu'elle m'a donné. Pour l'instant, je n'ai que le plaisir d'être une amie d'enfance de substitution. Pourquoi pas, si ça lui fait un peu de bien. Lorsqu'elle m'écrit de la province où elle s'est établie et a créé le petit commerce qui nous nourrit depuis ma naissance, elle n'oublie jamais de demander si j'écris toujours. Elle n'a jamais voulu lire ce que j'écris, comme elle n'a jamais lu ce qu'écrivait Tifène. Ce n'était pas entre elles, ce n'est pas entre nous une complicité entre autrice et lectrice. Deux mots qui donnent aux choses une importance qu'elles n'ont pas forcément. Ma mère, la littérature elle s'en fout. Ce n'est pas avec ça que je vais faire fructifier son petit commerce, me gronde-t-elle en souriant. Ce qu'elle aime, c'est l'image de moi dans cette posture. C'est au geste qu'elle accorde son affection. Le contenu pourrait la décevoir ou ne nullement l'intéresser. Je lui rends la pudeur. C'est le seul personnage féminin dont je ne livre pas le prénom. Ma mère, c'est ma mère. Je ne voudrais pas faire d'elle un être de papier que n'importe quel inconnu pourrait acheter en librairie. Son prénom c'est entre elle et moi. Je ne lui ai jamais demandé comment ni pourquoi elle a choisi le mien. Mon intuition me laisse croire qu'il tient de la prémonition. Comme si celle qui m'a raconté les mille et une anecdotes et événements qui font les histoires de cette colline m'avait en me nommant confié une mission : raconte, ma fille, raconte. Comme si, Veilleuse elle-même et cachant bien son jeu, elle n'avait fait que m'accorder un interminable entretien qu'il me reviendra de transcrire, d'habiller. C'est cela aussi ce livre : habillage et déshabillage de mille petits destins qui refusent l'oubli. Faire une histoire de tant d'histoires. Trouver une unité dans le discontinu. Quand je me suis installée dans cette chambre, les poèmes ne m'ont plus suffi. Un soir, j'ai vu passer une jeune femme dans la rue. J'ai su tout de suite que Veilleuse serait une marcheuse, que par elle, avec elle, en suivant ses allées et venues dans le temps, je prendrais possession de cette colline. Pas moi. Celles qui y ont vécu. Je ne m'attarde pas trop quand les filles discutent sur le féminisme. Je préfère être avec mes disparues. Parfois je les sens tellement vivantes, et je me dis que, ne serait-ce que sur du papier, nous avons des choses à accomplir ensemble.

Il n'est point nécessaire de faire œuvre de philosophe ni de consulter les doctes, d'avoir recours à l'évangile de Jean ou à la sagesse des griots, ni même de s'accorder une longue période de méditation pour parvenir à la conclusion que la seule vraie distance entre le bien et le mal, celle qui demeure infranchissable et donne aux actes leur nature, se résume à leurs conséquences. La difficulté alors se pose de choisir les critères selon lesquels on prête aux conséquences une valeur positive. Les cent ans d'histoire de la colline du Calvaire ne manquent pas d'occasions de faire appel à notre conscience afin d'évaluer les conséquences de tel ou tel événement. Ainsi de l'amitié fraternelle entre le fils légitime et héritier de la fortune du notaire Marcello Mérable, le notaire Mirabeau Mérable et sa demi-sœur Andrise Bien-Aimé. De la rapide transformation de cette amitié fraternelle en une histoire d'amour passionnelle qui fit jaser les grandes familles du quartier. Lesquelles grandes familles avaient acquis leur statut par acoquinage avec le notaire Marcello Mérable. Lesquelles grandes familles jasèrent les unes parce que sincèrement opposées à l'inceste, les autres parce que le changement de domicile d'Andrise Bien-Aimé s'était fait au grand jour, sous les yeux de tous les habitants de la colline, offrant le spectacle d'une mésalliance assumée qui menaçait la hiérarchie sociale plus que l'ordre moral. Les notables dont les parents se bousculaient autrefois pour être reçus dans la villa du notaire Marcello Mérable se désolidarisèrent du couple et refusèrent ses invitations. Les affaires de Mirabeau furent moins prospères que celles de son père. La colline se surpeuplait de petites gens. Les notables la quittaient vers de nouveaux quartiers et des collines plus éloignées et protégées par des agents de sécurité et des guérites. La valeur marchande des dernières parcelles inhabitées chuta, et bientôt s'y installèrent des démunis aux mœurs agressives qui y construisirent des cahutes et pratiquèrent l'élevage sauvage de porcs et de cabris. Le notaire était généreux et n'entama pas de poursuites. L'amour ne sent pas le danger. Mirabeau et Andrise pouvaient se payer des loisirs et des fantaisies. Ils partirent souvent en voyage. Le notaire en ramenait des pipes d'écume et dame Andrise des chapeaux et des mouchoirs. Ils aimaient se promener le soir, se moquant des on-dit. Mirabeau le débonnaire insouciant succédait à Marcello l'avare. Les pauvres et les agences de voyages gagnaient au change, mais les fonds et les propriétés s'amenuisaient au fur et à mesure. Non, l'amour ne sent pas le danger. Avaient-ils fait le choix d'une méthode contraceptive inefficace ou leur insouciance leur fit-elle oublier les risques de la reproduction ? Nul ne peut le dire. On n'a pas le témoignage de l'unique domestique, un jardinier qui ne pénétrait guère dans la villa. Par respect pour Mantègue, ils n'avaient pas fait appel à une armée de serviteurs, préparaient eux-mêmes leurs repas et confiaient leur lessive à une buanderie. Les beaux jours ont une fin. La naissance de leur fils unique leur causa de nombreux tracas. La césarienne laissa Andrise épuisée et l'enfant, de santé fragile, nécessita une attention permanente. Quand vint l'âge de le scolariser, les élèves des écoles du quartier lui firent tant de misères que ses parents le placèrent ailleurs, loin des railleries. Il grandit ainsi sans amis et se passionna pour la figure de son grand-père. Un homme d'action à la volonté de fer qui ne se laissait pas marcher sur les pieds. Un bâtisseur prêt à marcher sur les pieds des autres. L'homme qui avait posé la première pierre de la première villa sur la colline du Calvaire. Le petit Marcello se mit à vénérer la figure du fondateur dont il portait le prénom et se désintéressa de ses parents, de sa mère en particulier qu'il considérait comme la bâtarde d'une servante ayant profité de la seule faiblesse du grand homme : le péché de la chair. Quant à son père, il ne vit en lui qu'un histrion, une pacotille, le symbole même de la déchéance. Le notaire Mirabeau Mérable, fervent lecteur des écrits poétiques et politiques du député Clément Pierre, tenta vainement d'instruire son fils aux notions d'égalité et de bonté. Le petit Marcello refusa les romans de Victor Hugo et de Charles Dickens auxquels il préférait les traités de mysticisme, les vies de princes et les morceaux choisis des théoriciens de la méchanceté comme vertu naturelle de l'espèce humaine. Il évita soigneusement les relations sexuelles et n'eut jamais ni confident ni ami intime. S'inspirant des rares photos de l'aïeul, il prit l'habitude du costume trois-pièces et ressembla tellement au fondateur que ses parents se mirent à le fuir et connurent une vieillesse malheureuse marquée par la culpabilité et l'appréhension.

Marcello Mérable, petit-fils du notaire du même nom, n'apprit aucun métier, ne s'abaissa jamais à travailler. Après la mort de ses parents, il fit subir quelques transformations à l'architecture de la villa pour aménager des appartements et vécut de ses rentes et de ses loyers. Il perça lui-même des trous dans les murs afin de pouvoir regarder sans être vu les corps des femmes. Il vécut longtemps dans l'espérance que la grandeur d'antan reviendrait, et s'associa aux plus folles entreprises pour précipiter ce retour. Séances de magie, actions en justice, lettres aux ministres et au directeur des archives, demande d'entrevue avec le président de la République pour plaider que la colline lui appartenait. Les autres habitants n'étaient que des bandits et des usurpateurs. Son obsession lui joua quelques mauvais tours. Il tenta, avec les armes rouillées de la collection de son aïeul, de déloger par la force des riverains ne comprenant rien à son délire qui lui sortirent leurs titres rédigés par maître Marcello Mérable lui-même. Des faux : Cette colline m'appartient. Ni les sabres ni ses paroles ne convainquirent les riverains qui le chassèrent à coups de pierre. Désespéré, il vit dans la dictature l'occasion rêvée de le remettre dans ce qu'il considérait comme ses droits. Lors le sous-commandant Alarik, dit Ti Bout à cause de sa taille, faisait du zèle pour mériter une promotion et cherchait un appartement. Deux obsessions valant mieux qu'une, ils décidèrent d'unir leurs forces. Le sous-commandant Alarik eut droit à un logement gratuit contre promesses d'exactions pour déloger les habitants de la colline. Mais avant, il y avait un pacte à conclure et une action à accomplir.

Faut-il revenir à la question posée au début de ce chapitre et ranger la passion amoureuse qui guida les folles étreintes d'Andrise et Mirabeau dans les colonnes du mal ? Faut-il y voir l'union tardive de deux êtres qui auraient dû grandir ensemble et tentèrent de rattraper le temps perdu de leur séparation ? Faut-il considérer la naissance de leur fils Marcello, portrait craché de son grand-père, comme l'apothéose du mal et la preuve que toute ascension qui atteint le sommet est vouée à la dégringolade ? Ou faut-il évaluer les amours d'Andrise et Mirabeau à l'aune des moments de joie qu'ils se procurèrent et des dons consentis par le couple aux plus démunis de la colline ? À nous, chroniqueurs, il n'est pas donné de juger. Les jugements appartiennent à la postérité qui, dans l'incertitude, quel fut le bien, quel fut le mal, choisit parfois d'abandonner certaines choses à l'oubli.

Je n'ai pas pu m'en empêcher. Et c'est vrai que, comme ce narrateur que j'imagine d'un certain âge, chauve, un peu bonhomme, dans une posture liant l'humour à une sorte de vœu de sagesse, je ne porte pas de jugement. Ma mère tenait de Victoire que Mirabeau et Andrise s'adoraient et constituaient une sorte d'intermède, une période de répit entre le grand-père et le petit-fils. Le petit-fils, il n'a pas pris que l'apparence et les manières du grand-père. Mais aussi son désir de conquête. Son sens du vice. Cet imbécile de Fritz paye le double de la valeur réelle de son logement et croit être le seul à contempler sa prisonnière. Ils sont là depuis leur mariage et ne bougeront sans doute jamais. Marlène, elle m'agace et je dois faire des efforts pour ne pas la mépriser. J'en discute avec l'autre Veilleuse. Elle est plus généreuse que moi et ne veut abandonner aucune des femmes du Calvaire. Marlène n'est pas de cette colline. Elle a été amenée ici par son idiot de mari. Veilleuse, dont je ne contrôle pas toujours les mots, insiste. Dans le récit comme dans la vie, nous ne devons abandonner aucune de celles qui peuvent être sauvées. On a un plan pour Marlène. Pour les Alarik et l'Héritier aussi. Alarik père et l'Héritier. Je sais ce qu'ils ont fait. Grand-mère Victoire et le vieux jardinier les ont vus. Je ne peux pas raconter ça avec des mots à moi. Il me reviendra de raconter la fin. Toute proche. J'ai retrouvé le pied-de-cochon dans la grande salle qui sert de dépôt. Sous des débris de cadres et de lustres. L'Héritier était sorti. Cela ne lui arrive pas souvent. J'ai profité de son absence pour entrer dans le dépôt. Puis je suis montée et j'ai frappé à la porte des Alarik. Le vieux ne voulait pas ouvrir. Il croyait que la foule était revenue le chercher. J'ai insisté, il s'est traîné jusqu'à la porte, a ouvert en reculant. J'ai posé le pied-de-cochon sur le sol et je suis partie. Je communique depuis quelque temps avec Marlène en lui laissant des billets sous sa porte. Elle me répond. Son écriture est tremblante. Mais au fil des messages, elle a vaincu ses hésitations. J'ai acheté de la colle, beaucoup de colle que je lui glisse à travers les barreaux de la fenêtre. Fritz lui en ramène aussi. Elle doit avoir accumulé de quoi lui faire un bain de colle. J'ai promis aux filles que j'aurai bientôt fini. Il fallait donc que je m'active pour qu'arrive ce qui doit arriver. Je pousserai peut-être la tricherie jusqu'à envoyer le manuscrit à un éditeur ou un concours. Sous un pseudonyme. En utilisant le nom d'un grand auteur décédé. Si cela marche, je me présenterai avec mes vingt-trois ans et avouerai que ce roman, si c'est un roman, ce sont les femmes du Calvaire qui l'ont écrit. Celles d'hier et d'aujourd'hui. Les battantes. Les sacrifiées. Les jeunes. Les vieilles. Un siècle de femmes. Un cadeau à ma mère qui ne le lira pas. Veilleuse à sa façon. Amie lectrice, si jamais tu le lis, sens-toi libre d'en changer le titre. J'ai longtemps hésité entre le singulier et le pluriel. Je ne suis pas certaine d'avoir fait le bon choix : Veilleuse. Car toute femme ayant gardé la mémoire de sa tragédie et de celle des autres est à sa manière une veilleuse. Veilleuses donc. Mais j'aime l'idée d'un corps libre et d'une voix unique, assez riche pour assumer toutes les colères et tous les vœux de vivre. Une présence singulière qui symbolise la rébellion. Avec les filles, nous avons nos soucis individuels. Les choses n'ont pas vraiment changé et nos corps portent encore bien plus que la moitié des misères de ce monde. Chacune pourrait parler et écrire son roman. Mais aucune ne peut être nous toutes en même temps. Dire toutes les misères et toutes les révoltes pour sonner le rassemblement. J'ai besoin de toi, Veilleuse. Ta voix porte plus que la mienne. Je raconterai la fin. Toi, dis-leur ce qui se passa ici un soir que des hommes fous avides de biens et de pouvoir, aux ordres d'un chef plus fou que la folie, offensèrent la terre de cette colline du Calvaire en la rendant complice de leur crime.

L'ENFANT QUI MARCHAIT DANS LE VENT

En ce temps-là, le chef avait dit : "Tout milicien est mineur." Avec la bénédiction de leur père, les mineurs tuaient des enfants, des adultes, tiraient sur tout, les maisons, les cours d'eau, les terrains de foot et les places publiques, les oiseaux, les chiens errants. Je peux te dire, moi, la Veilleuse du Calvaire, qui étais là au commencement, c'était le pire moment du pire sur cette colline du Calvaire et dans le reste du pays. Des jeunes filles disparaissaient. Une ne rentrait pas de l'école. Une autre revenait de chez une amie et n'arrivait jamais chez elle. Je ne sais pas d'où elle venait, celle que le père Alarik et l'héritier du notaire ont enterrée sous la grande salle. Ce n'était pas une enfant de la colline. Je ne connais pas son prénom. Je préfère croire qu'elle était belle et marchait sous le vent. Alarik l'a fait entrer de force dans la DKW. Il l'a conduite chez l'Héritier. Ensemble ils ont creusé. Ah, les croyances sont le nerf de la folie des hommes. L'Héritier voulait récupérer les terres de la colline. Alarik pensait que son zèle lui assurerait une promotion. L'Héritier croyait aux bêtises de ses traités et Alarik aux prophéties des conseillers du chef. "Celui qui tue pour moi siégera à ma droite." Ah, la folie des hommes. Ils ont chassé le jardinier après lui avoir emprunté sa pelle. Ils ont creusé. Le chef voulait des vierges, ils lui donnaient une vierge. Une vierge pour que je devienne commandant, que les gens puissent dire oui mon commandant, merci mon commandant, respect, mon commandant. Une vierge pour que je redonne du lustre à la villa construite par mon grand-père, que je récupère les terres qu'il avait volées comme si elles étaient miennes, comme si elles nous revenaient. Une vierge parce que j'en ai marre qu'on m'appelle commandant Ti Bout à cause de ma taille et mon grade de sous-chef. Une vierge parce que je n'ai jamais osé approcher une femme et préfère les regarder par les trous de la serrure. Une vierge parce que ci parce que ça…

Moi, la Veilleuse du Calvaire, qui étais là au commencement, je peux te dire que toute la violence du monde s'est abattue ici sur nos corps de femmes. De l'épouse fidèle à l'infirmière modèle. De la reine chanterelle à la maîtresse d'école. De Gala torturée à la gamine enterrée vive. Assez ! Que naisse enfin un temps de fête !

Tu as parlé. Il est temps de finir ce livre. Ce matin, le fils Alarik a encore craché au visage du vieux. “Tu vas mourir seul.” Une vieille française qui vend des tableaux lui a promis un visa. Il exulte. Le vieux n’a pas répondu. Il a caché son pied-de-cochon et attend le soir. Il y a si longtemps qu’il n’a pas tiré. Ce soir il visera un passant. Il y a six coups dans son pied-de-cochon. Un passant chaque soir. Nul ne saura d’où sont partis les coups de feu. Il compte bien faire six morts avant la sienne. Marlène a étalé le contenu de ses tubes de colle sur la planchette à repasser et caché la planchette sous le lit. C’est mercredi, le soir où Fritz va boire avec ses copains et rentre ivre. L’Héritier a perdu la raison depuis longtemps. Voici venu le désespoir. Quand elle rencontre le désespoir, la folie elle va jusqu’au bout. L’Héritier sait que c’est la fin. Ses plans de reconquête ont échoué. Quelque chose, ou quelqu’un qui parle dans sa tête lui martèle tous les soirs que son temps est fini. Fini le temps des Mérable, on va rebâtir autrement, habiter autrement cette colline. Qui est-on ? Nous tous. Nous toutes. Une jeune fille de vingt-trois ans qui écrit son premier roman. Des femmes qui ont vécu ici et qui refusent qu’on les oublie. Marlène qui prépare un bain de colle. Dans la tête de l'Héritier, c'est le grand délire. Et nous avons bouché les trous, Marlène et moi. Plus de vieux objets à apporter chez le brocanteur. Plus de rentes. Et plus de corps de femmes à regarder. Il a perdu tous ses trésors. Il est mûr.

C'est le soir. Alarik père a trouvé l'énergie de se lever de sa chaise pour ouvrir les rideaux et la fenêtre. Il se rassoit et observe la rue. Son pied-de-cochon à la main, il espère un passant bien réel. Il y a longtemps qu'il n'a pas tué. Il est fatigué de viser avec ses doigts. L'arme est une joie dans sa main. Une vraie. Une renaissance. La rue est vide d'humains. Des chiens, des rats, mais pas l'ombre d'un membre de cette espèce qu'il déteste. Il n'a jamais accordé la moindre importance aux espèces secondaires. Il lui est arrivé d'en écraser quelques spécimens, mais sans en éprouver une quelconque fierté. Les humains, c'est prétentieux, arrogant. Ça développe des idées, ça opine, ça commente. Ça te défie. Jusqu'au jour où, selon l'expression préférée du chef, tu leur transformes le cul en bouillie et le fais couler dans une passoire. Le vieux adore cette expression. Un cul dans une passoire. Les prisonniers, quand ils l'entendaient, étaient terrifiés. Il voyait dans leurs yeux que certains se demandaient s'il fallait la prendre à la lettre. C'est beau, la terreur. Des pas dans la rue. Alarik père se positionne. Il n'a jamais été un très bon tireur. De près, on ne rate pas sa cible. Surtout si elle est ligotée ou enfermée dans une pièce. Les entraînements les séances de tir, ça le faisait chier. Tu arrives, ou plutôt vous arrivez à plusieurs, armes au poing. Le type, un prof en train de donner son cours, un journaliste dans la salle des nouvelles, un père de famille réveillé dans son sommeil, il lève les bras réalise que ça ne lui servirait à rien d'essayer de s'enfuir. Vous l'embarquez dans le véhicule. Et commencent les coups de pied, les coups de crosse, pour le mettre dans la bonne disposition. Arrivé à la caserne, s'il est coriace, vous lui mettez une cagoule et de nouveau les coups de pied dans la salle d'interrogatoire. Pas que. La torture, c'est un art avec plein de variantes. Et à la fin, l'exécution, si ce sont les ordres. L'homme qui avance dans la rue est grand. Il titube. Il est ivre. Maudits soient les ivrognes. Alarik père a peur de rater sa cible. Elle manque de docilité. C'est vraiment un grand gaillard. Maigre. D'en haut, Alarik père peut voir le rictus sur le visage. Il a le même. Sauf que l'autre est grand, alors que lui est petit. Sauf que l'autre, sa porte d'entrée dans les sphères du pouvoir, c'est le visa qu'a promis de lui trouver la vieille française qui vend des tableaux. Lui, c'était sa carte de milicien. Sauf que l'autre, égoïste comme il est, il ne commettra pas la même erreur que lui, s'embarrasser d'un fils ne sachant dire que je veux. Alarik père pense qu'il aurait dû lui faire passer le cul dans une passoire à son salaud de fils. Mais ce garçon, c'était sa faiblesse. Voilà ce qui arrive quand on couvre un enfant de gâteries. Il attend tout des autres. Titubant, Alarik junior a ouvert la porte de l'immeuble. Il monte. Il parle tout seul. Merde à tous. Aux femmes. À l'étudiante qu'il n'a jamais pu convaincre de coucher avec lui. À la vieille qui lui a menti. Sa colère le précède dans la chambre. Il entre. Le vieux se retourne et le regarde. Il a caché son pied-de-cochon sous ses fesses. Ce n'est pas seulement de la colère qu'il y a sur le visage d'Alarik junior. C'est du dépit. Pas besoin d'explication, le visa promis par la vieille qui vend des tableaux, un mensonge. Il a trop de maîtresses. Un visa, ça vaut bien l'exclusivité. Tu vois, mon fils, quelqu'un finit toujours par nous rendre les coups. Regarde-moi. Regarde-toi en moi. Le fils se tait. Parler, c'est avouer. Mais son silence est vain. Il a compris que le père a compris et il s'est vu dans son regard. Un regard accompagné d'un sourire moqueur. Le vieux confirme. Avec ce qu'il lui reste de corps et de gorge, il est secoué d'un grand rire qu'il crache au visage de son fils. Le rire atteint sa cible. Monte au cerveau, descend jusqu'au cœur. Junior avance. Furieux. Il ne titube plus. Le vieux se recroqueville dans sa chaise et pose une main sous ses fesses. Au tour de Junior d'éclater de rire. Il croit que le vieux a peur et l'a fait sur lui. Il n'a pas tort. Le vieux a peur et l'a fait sur lui. Mais sous sa peur et sa merde, il y a son pied-de-cochon, son fidèle compagnon, la seule chose sans laquelle il se sent absent de lui-même. Des années qu'il a vécues dans cette pièce, entre le lit et la chaise, sans le réconfort que lui apporte la crosse qu'il caresse. Le fils interrompt sa réflexion. Il a dans une main un tube de peinture. De l'autre, il tente de maintenir ouverte la gueule du vieux qui ne rit plus, perd son souffle, mord les doigts qui s'enfoncent dans sa gorge de ses dents gâtées, branlantes, assez fortes cependant pour faire mal. Alarik junior retire ses doigts qui saignent de la gueule du vieux. De sa main saignante, il balance une gifle qui projette le vieux et sa chaise contre le mur. Le vieux fait corps avec la chaise. Jamais plus on ne lui enlèvera son pied-de-cochon. Alarik junior arme son pied, le lance et atteint Senior au visage. Ils saignent tous les deux. L'un de la main. L'autre de la bouche. Junior soulève Senior, le pose sur le bord de la fenêtre et le secoue. Meurs, ordure. Senior a gardé son pied-de-cochon qu'il tient maintenant dans son dos. Il a passé les dernières années à tirer de l'intérieur vers l'extérieur. Et voilà que le soir où il retrouve son arme, il va devoir tirer de l'extérieur vers l'intérieur, son cul sali par sa merde, posé sur le bord de la fenêtre, le dos déjà dans le vide. Junior le secoue. Senior tire. Une fois. Deux fois avant de tomber dans la rue où son corps s'écrase. Le bruit fait fuir les rats et les chiens.

Fritz est rentré peu de temps avant le fils Alarik. Lui aussi a bu. Un alcool de fête. L'ONG lui a promis une promotion. Marlène l'attend. Brave Marlène. Sa seule exigence, c'est toute cette colle pour tuer les rats. Elle ne peut pas avoir besoin d'autant de tubes. Mais elle a droit à une toute petite part de mystère. C'est pas comme si elle avait un amant. Un amant ? Il préfère ne pas y penser. Pauvre Marlène, si c'était le cas… Il a ses clés. Il ouvre la porte. Marlène est nue. C'est la première fois qu'elle est nue pour ouvrir la porte. Dans son ivresse, il constate quand même que le corps de Marlène a vieilli. Il a déjà remarqué qu'elle a une mèche de cheveux blancs. Oui, le corps s'est abîmé avec le temps. Il l'aime quand même. C'est sa chose. Le corps de Marlène est à eux deux. Elle le garde pour lui. Pour quand il en a besoin. C'est rare qu'elle prenne l'initiative. Plus que rare. Elle ne prend jamais l'initiative. Dans son ivresse, il est heureux qu'elle soit venue l'accueillir en lui offrant ce corps qui appartient à eux deux. De ce côté-là, elle a bien vieilli. Brave Marlène. J'aime que tu sois où je veux que tu sois. Comme je veux que tu sois. Elle s'accroche à lui, lui offre ses lèvres et l'aide à déboutonner sa chemise. Elle commet une erreur en voulant l'aider à enlever son pantalon. Ça va trop vite. L'initiative, c'est bien. Mais rien qu'un peu. Elle tire le pantalon vers le bas. Ce n'est pas à elle de faire ça. C'est un geste de chef. Une commande. Un ordre. Doucement, Marlène. C'est à moi de décider. Il enlève quand même le pantalon. Il est nu. Ils sont nus. Marlène s'assied sur le lit. Elle a préparé le verre. Il la rejoint, s'assied à côté d'elle. Elle lui tend le verre. Il boit, prend une odeur de colle. Boit une deuxième gorgée. Sent le sommeil l'envahir et une odeur de colle dans sa bouche. Il regarde Marlène se lever du lit. Qu'est-ce que tu fais ? Il la regarde se rhabiller, se rapprocher du lit, sortir la planchette à repasser. Et des cordes. On dirait qu'elle chante…

L'Héritier a entendu les échos de la bagarre, les coups de feu et le bruit de la chute du corps d'Alarik Senior dans la rue. En tombant dans la chambre, le corps d'Alarik junior n'a pas fait trop de bruit. C'est maintenant le silence qui intrigue l'Héritier. Quand il fait suite au vacarme ou à un bruit sourd, le silence signifie que quelque chose qui existait n'existe plus. Un changement de situation. Ce silence, l'Héritier sait qu'il annonce une fin. Comme le soir où ils avaient enterré un corps de vierge sous la grande salle qui sert aujourd'hui de dépôt. Alarik avait manié la pelle et l'Héritier n'avait fait qu'assister en l'aidant à bâillonner la gamine et la lancer dans la fosse. Après, ils n'avaient rien dit. Alarik croyait fermement que cet acte d'obéissance séduirait les esprits protecteurs de la révolution qui en informeraient le chef. Cela valait une promotion. Au moins le grade de commandant. L'Héritier voulait juste garder sa maison, l'embellir, lui redonner l'éclat d'antan, posséder les maisons voisines, la colline. Retourner dans le passé. Ne pas être lui. Être son grand-père, le fondateur. L'illustre Marcello Mérable. L'Héritier déteste son crétin de père. On n'abandonne pas un héritage. Parfois c'est l'héritage qui vous abandonne, s'amenuise, s'effiloche, devient un rien à quoi l'on s'accroche. Merde, cette maison, son grand-père l'a construite. Ce quartier, son grand-père l'a créé. Le nom de Marcello Mérable figure en bonne place dans l'histoire du notariat, de la franc-maçonnerie. C'était quelqu'un, le Marcello. Celui qui a inauguré la tradition des costumes trois-pièces. L'Héritier, fidèle à la tradition, entre dans la pièce qui abritait autrefois l'étude, regarde la grandeur d'antan. Il voit tout. Le bureau en acajou. Les toiles accrochées aux murs. Les classeurs où sont rangés les dossiers. Le petit salon en arrière-plan. Le cendrier de cristal posé sur la petite table. Les sièges confortables. Le petit meuble contenant les bouteilles de champagne et de cognac pour les conversations accompagnant les signatures. La belle horloge sur pied. Le tapis épais aux motifs exotiques sur lequel il aimait se coucher quand il était gamin. Les traditions ont une fin. Cette maison, cette colline ne sont plus ce qu'elles étaient. Constatant que l'héritage l'a trahi, l'Héritier sort de la maison dans son costume trois-pièces. Il tourne le dos à la colline. Il marche lentement. Le soir est sec. Il aurait préféré un soir de pluie. La descente aurait été plus rapide. Rien n'est triste comme une fin qui dure trop longtemps. Mais la pluie ne répond pas aux souhaits des humains. Le soir est sec. Il a l'impression que, cachés derrière leurs fenêtres, des gens l'observent. Lui qui a passé sa vie à regarder. Ses parents d'abord. Puis les couples et les jeunes femmes célibataires. Il ne sait pas ce qu'il a vu de plus beau. Des corps de femmes ou de la splendeur d'autrefois. Il ne s'est jamais posé la question. De toutes les manières, cela n'a plus d'importance. L'étudiante a bouché le trou.

Et ses yeux sont trop fatigués pour recréer le passé. Ses yeux ne lui servent plus à rien. Il les ferme et continue de marcher.

VEILLEUSES

Marlène regarde Fritz, le gros rat ficelé comme un rat, se débattant dans ses liens. Elle ne souhaite pas qu'il meure. Elle n'aime pas la mort. Les Alarik et le vieux dans son costume trois-pièces, ils étaient déjà morts. Personne ne peut sauver un cadavre de la mort. La mort, elle est méchante. Elle peut te laisser croire que tu es vivant, et au moment où tu t'y attends le moins, elle te rappelle que tu es déjà fini. Comme la vie peut te laisser croire que tu es mort et venir te surprendre. Te secouer. Te réveiller de ta fadeur, de ta liquescence. Par le moyen d'une baffe, d'un coup de pied, d'un sourire. T'offrir par cette secousse quelque chose qui pourrait s'appeler un chemin. Tu ne sais pas où il mène. Mais tu as envie de le prendre. Parce que tout le long il y a du vivant. Peut-être n'iras-tu pas au bout. Peut-être n'y a-t-il même pas de bout. Juste un chemin. Une infinité de chemins qui te font voyager en plein dans le vivant. Marlène espère que Fritz parviendra à sortir de ses liens. Il aura la peau brûlée et déchirée. La bouche sèche. Une grande soif. Et le souvenir de la douleur que cause l'immobilité. Peut-être ne sortira-t-il de ses liens que vexé de s'être fait piéger. Lui, le plus costaud des rats. Si c'est le cas, il se sera délivré pour rien. Prisonnier pour toujours dans sa tête de rat. Marlène n'aime pas la mort. Elle préfère l'idée du changement à celle de la mort. Et souhaite que Fritz ne meure pas comme un gros rat, s'il parvient à se libérer. Quelqu'un est en train de se battre contre la serrure. Ce doit être l'étudiante qui écrit des histoires. Qui mélange du faux ou du possible au vrai pour que le vrai ainsi, plus vrai, s'impose dans sa beauté. Sa laideur aussi. Mais là, plus question de laideur. Uniquement de beauté. L'étudiante, on ne le dirait pas qu'elle portait en elle cette capacité de faire et défaire les choses. De jouer avec le temps. Marlène ne sait pas si elle est dans la réalité ou dans une histoire écrite par l'étudiante. Dans les deux, sans doute. Le vivant, pourquoi ne pourrait-on pas le rêver ? Parfois le rêve ne fait qu'entrer dans le temps réel. Comme, quand on aime, le rêve de l'autre devient l'autre, lui ajoute quelque chose. Une lumière. Une beauté. Un pouvoir qui n'existait pas avant l'amour. La porte s'ouvre. Mais ce n'est pas l'étudiante. C'est une gamine. Marlène ne regrette pas de n'avoir pas eu d'enfant. Fritz aurait fait un rat d'un garçon, et d'une fille une Marlène. Marlène n'a jamais su se battre pour elle-même. Comment aurait-elle su protéger un enfant ! La gamine qui a ouvert la porte n'a pas l'air de quelqu'un qui a besoin d'être protégé. Dans ses yeux, une résolution inaltérable. Pas froids ni durs, les yeux, mais résolus. Assez pour devenir durs et froids. S'il le faut. Elle devrait être encore à l'école. Mais la nécessité d'être aux autres l'a conduite ici, dans cette chambre où végète une adulte hébétée. Marlène a honte. Sauvée par une enfant. La gamine porte d'ailleurs un uniforme d'écolière. Son uniforme est propre. Il y a longtemps qu'on n'a pas vu d'uniformes aussi propres sur cette colline du Calvaire. Tout est sale. Dégradé. Les vêtements. Les murs. Les façades. Toutes les couleurs ont viré au gris. Toutes les odeurs au rance. Il y a quelque chose de l'ordre du refus dans cette fraîcheur inattendue. L'écolière ne regarde pas Fritz. Ou, si elle le regarde, c'est comme on regarde une chose, un objet, une bêtise, qu'à l'heure d'un grand départ, on va laisser derrière soi, sans regret. Une enfant chargée d'une mission dont Fritz ne fait pas partie. Ses mains sont fines. Très fines. L'étudiante, elle pourrait dire à Marlène que l'écolière s'appelle Gala. Que ses mains fines ont été broyées dans une caserne par des tortionnaires. Qu'ils lui ont arraché les dents. Qu'ils lui ont brûlé la pointe des seins avec des cigarettes. Qu'ils ont enfoncé dans son vagin des objets métalliques. Elle pourrait lui dire aussi que cette gamine-là, avec ses mains fines elle a fait ce qu'il fallait faire face aux semeurs de mort. Qu'elle avait dans ses mains fines du courage et de la volonté pour toute la colline, pour un peuple entier. Que cette enfant, c'était une guerrière. Avec pas une parole à concéder, pas une confidence à lâcher à ses tortionnaires. Quand les gens ont tourné le dos à la parole, ce n'est pas avec des mots qu'on les force à se retourner. Fritz parvient à se lever, la peau déchirée, les yeux fous. Prend son élan. La rage gonfle ses muscles. L'écolière se retourne. Il y a dans ses yeux d'enfant une tranquillité impitoyable. Une assurance contre laquelle les muscles de Fritz ne peuvent rien. Elle a repéré les ciseaux, la lampe, le vieux parapluie effiloché, tout ce qui peut servir. Elle avance vers Fritz, sans précipitation ni tremblement.

L'élan de Fritz est brisé par son regard. Et dans ses yeux à lui, la peur a remplacé la rage. Fritz ne bouge plus. Baisse les yeux. L'adolescente tend la main à Marlène et lui indique la sortie. À Marlène non plus, la petite héroïne en uniforme d'écolière n'a rien à dire. Les mots ne sont pas son langage. Son langage, ce sont ses mains. C'est avec mains qu'on fait chansons, avec les mains qu'on change le monde. Elle tend la main à Marlène. Une main tendue, toute fine, menue, une sorte d'innocence qui s'offre à vous. Marlène la prend. Ensemble elles descendent les marches. Au rez-de-chaussée, la porte qui donne sur la rue est ouverte. Marlène se retourne, regarde vers la pièce du fond où le dernier des Mérable empilait les oiseaux empaillés, les miroirs brisés, les tableaux de petits maîtres oubliés. Elle a l'impression qu'il y a du mouvement à l'intérieur. Quelque chose comme un bruit d'aile. Elle se reproche cette pensée idiote. Un oiseau empaillé, ça ne vole pas. Elle se dit qu'il faut sortir du rêve, et veut reprendre la main de l'écolière. La main, c'est du concret. Mais la gamine n'est plus là. Marlène est seule. Il faudra qu'elle apprenne à faire avec ses mains à elle. Griffer. Mordre. Caresser. Abattre. Ensemencer. Caresser, elle sait un peu. Trop peu. Elle apprendra. Elle avance. Seule. Elle a l'habitude de la solitude. Dans l'enfermement. Elle va passer d'une solitude de réduit, d'une solitude de trois mètres carrés, à la solitude des grands espaces, du grand air. Ça aussi, elle apprendra. En franchissant la porte qui donne sur la rue, en sentant l'air frais de la rue, elle se dit, inquiète mais résolue, qu'il lui faudra s'habituer à cette nouvelle solitude. Non. Ne jamais s'habituer. Revivre chaque fois, à chaque respiration, la surprise du premier jour. Habiter comme la plus belle des surprises cette solitude face au vent. Une solitude de carrefour des quatre chemins. Une solitude qui l'exposera au douloureux ou au joyeux devoir de choisir. Entre les deux adjectifs, elle choisit : joyeux. C'est son premier choix. Son premier jour et son premier choix. Elle en est fière. Elle sort de la maison, voudrait se retourner. Mais quelque chose en elle lui indique qu'il n'y a rien à voir. Non, il y a toujours quelque chose à voir. Alors elle se retourne et constate que la maison a disparu. Elle ne connaît pas bien les plantes, les arbres. Dans sa solitude de réduit, elle n'aura vu jaunir que des fleurs en plastique. Des fleurs qui prenaient la poussière qui seule passait sous la fenêtre. Il a manqué à sa vie une vraie végétation, l'air, la luxuriance. Tout ce qui naît sous ses yeux à la place de la maison de l'Héritier. Marlène se dit qu'on ne devrait hériter que d'une chose : la beauté. Parmi les pousses, les fleurs et les arbrisseaux, elle reconnaît des flamboyants. Et des mimosas. Les mimosas, elle connaît. À cause de la romance. Il existe une belle romance sur une marchande de mimosas dont la beauté attire un amoureux qui l'attend chaque soir à l'entrée de la petite rue où elle habite, et l'aborde en demandant à acheter une fleur. Mais elle a déjà vendu toutes ses fleurs et son panier est vide. Alors il s'en va. Elle lui promet qu'elle en gardera une pour lui le lendemain. Mais la vente est bonne, les clients nombreux. Et la marche, la fatigue… Chaque soir elle oublie. Nul ne peut dire combien dura l'attente. Jusqu'au soir où, n'espérant plus, habitué à l'oubli qui fait le lien entre eux, l'homme la voit arriver les mains derrière le dos. Il comprend qu'elle l'a encore oublié, tout vendu jusqu'à son panier. Il se cache, devient une ombre. Veut fuir. Disparaître. Elle le voit, court après lui. Dans ses mains jointes derrière son dos, il y a sa plus belle fleur. Mais l'homme a le dos trop voûté, le désespoir trop lourd pour se retourner. Il trébuche, tombe. S'assoit sur le pavé. Il pleure. Elle vient s'asseoir à côté de lui et lui tend la fleur. Marlène a conscience que la vraie vie, ça ne sent pas la rose ni le mimosa. Elle en revient de cette saleté de vraie vie, de Fritz pressé de jouir et des fleurs en plastique. Elle chante quand même : "Jolie marchande de mimosas." Et les fleurs et les arbres qu'elle voit, les flamboyants, les mimosas, les lauriers roses et blancs, oui ce doivent être des lauriers, ils ont l'air bien réels. Et ce gros petit arbre qui deviendra sans doute immense s'il grandit, cela doit être un mapou. Les gens prétendent qu'un mapou, c'est à la fois un sanctuaire et un reposoir. Une sorte de grotte ou de maison de bois dans laquelle tu peux habiter, te coucher. Que l'on peut même y habiter à deux ou à plusieurs. Chanter. Faire l'amour. Marlène avance dans la rue. Monter ? Descendre ? Elle choisit de monter. Elle monte. Elle descendra plus tard. Avec le soir. L'air est frais. Cela aussi, c'est une surprise. L'odeur de mazout, de marchandises avariées, de sueur salie par la poussière, d'huile de moteur, de fumée noire sortant des radiateurs sous les capots levés des véhicules en panne, l'odeur d'eau croupie et de désinfectants, des petits tas de déchets que chacun fait brûler devant sa porte, l'odeur de bouillabaisse, de composé de mille et une matières dégradées : le plastique, l'eau stagnante, les humains, les rats, les escarres, les pustules, la promiscuité, les onguents, la toux, le crachat, les recettes au cafard pilé et aux feuilles de médeciner pour calmer la faim ou refermer une plaie, l'odeur de fœtus abandonné, de gueule ouverte de latrines, de cadavres d'animaux au bas de la falaise, tout cela a disparu. C'est comme un bord de mer sauvage. Marlène se dit qu'elle ne la connaît pas, cette mer qui "d'une chanson d'amour a bercé mon cœur pour la vie". Sa mer à elle, c'est le fond bleu du studio de photo. Mais elle a fait un troisième choix. Elle n'ira plus chercher ni l'amour ni la mer dans les chansons. Elle ira les chercher en vrai. Les auteurs des chansons, ils se sont bien basés sur des faits, une réalité. Alors ces faits, cette réalité, si elle apprend à s'y plonger, elle pourra elle aussi écrire des chansons. Elle marche en respirant l'air frais. Des personnes qu'elle n'a jamais vues ou qu'elle n'a pas encore appris à reconnaître circulent dans les rues. Rue de l'Abreuvoir, un bar est ouvert. Marlène y entre. Pas pour se saouler la gueule comme Fritz les soirs quand il rentrait tard après avoir fait la fête avec ses collègues. Un mal pour un bien : trop saoul pour l'emmerder. Mais l'odeur d'alcool envahissait la chambre et la boisson ingurgitée accélérait le rythme de ses ronflements. Pas envie de cette ivresse-là. Dans le bar, des jeunes gens discutent avec passion. Marine, elle s'appelle Marine, tous prononcent son nom avec une sorte de dévotion païenne, s'approche de temps en temps de leur table, leur sourit, et leurs voix s'apaisent. C'est comme si, d'un sourire, elle les grondait tendrement. Ils griffonnent des mots sur des cahiers. On dirait des écoliers : passionnés et studieux. Plus de querelle. Tous au travail. Offrande pour offrande, tous au travail pour lui rendre le sourire. Ils proposent, rejettent, acceptent, combinent, veulent se mettre d'accord sur les mots à garder. Marlène comprend. Ils sont en train d'écrire pour elle un ouvrage collectif. Pour l'instant ils n'ont que le titre : "Ballade pour Marine". De temps en temps Marine, qu'elle est belle, va rejoindre derrière le comptoir un homme deux fois plus costaud que Fritz, pas beau. L'homme pas beau regarde Marine avec une lumière dans les yeux. Marlène se dit que les poètes, s'ils regardent dans les yeux du grand costaud pas beau, ils y trouveront la beauté qu'ils cherchent. Le plus poète de tous n'est pas celui qu'on croit. Marine fait signe à Marlène d'approcher. Lui offre un verre. Elles trinquent. Marlène boit, devient légère, a besoin de marcher. L'air est si frais. Elle sort. La Veilleuse l'attend dehors. Elle est à peine plus âgée que l'écolière. Elle porte une robe légère qui lui laisse les jambes et les épaules nues. Elles marchent côte à côte. Marlène ne peut dire à quelle époque appartient la robe. C'est une robe contre le temps. Qui n'appartient à aucune époque. À aucun catalogue. Étrange, les gens adorent les catalogues sans faire le lien avec le verbe cataloguer. Un vilain verbe. C'est bien, une robe qu'on ne peut pas cataloguer. Une unicité qui fait corps avec le corps de celle qui la porte. La Veilleuse marche vite. Trop vite pour Marlène qui a du mal à suivre. C'est sa première fois. Dans un bar. Dans ces rues boisées. C'est sa première montée. Depuis dix ans qu'elle habite avec Fritz dans la maison de l'Héritier, elle n'est jamais montée au sommet de la colline. Elle s'essouffle, lourde et légère, veut continuer. Heureusement, la jeune femme s'arrête de temps en temps. Pour parler à un arbre ou à un enfant. Marlène réalise que la colline compte soudain beaucoup d'arbres. Elle se demande où sont passés les immeubles vacillants, les escaliers trop étroits, le fer forgé, le béton, les entrées délabrées des corridors. Elle est très belle, cette colline. Une petite forêt grimpante. Il y a pourtant quelque chose qui ne va pas. Comme un reste qui détonne. C'est le vieil immeuble qui logeait autrefois le poste de police. Puis il abrita le commerce de l'usurier. Puis le bureau d'état civil et le tribunal de paix où les pauvres et les couples allaient se faire la guerre devant un fonctionnaire corrompu. Marlène se demande pourquoi il se tient encore là. La Veilleuse lui fournit une explication par le geste. Une façon de la rassurer. Ne t'en fais pas. Ce qui doit mourir va mourir. La Veilleuse se baisse, ramasse un caillou, le lance. Marlène comprend pourquoi l'immeuble se tient encore là. Pour rappeler que le pire, ce n'est pas un homme bien qui s'en va de lui-même, un compréhensif qui reconnaît ses torts, sait faire la part des choses. Un gentil conscient que ça ne marche pas, qu'il s'est trompé d'histoire d'amour et part rouler sa bosse ailleurs. Le pire, c'est une brute prête à tout pour rester. Si tu ne le chasses pas, il s'installe, s'enracine. Et une fois qu'il a pris ses aises, pas évident de le déloger. Marlène imite la Veilleuse, se baisse, ramasse un caillou et le lance. Elle éprouve une joie folle. C'est sa première pierre. Son premier lancer. Elle n'a jamais su se défendre et voilà qu'elle attaque. Elle y met toute sa force. Comme c'est bon. Les deux femmes, la jeune et la demi-vieille qui se refait une jeunesse, bombardent l'immeuble de pierres. Marlène ne vise pas aussi bien que la Veilleuse. Marlène, c'est à peine si elle avait appris à jouer aux osselets quand elle était petite. Ses cailloux ratent leur cible. Les enfants se moquent d'elle gentiment. La Veilleuse leur fait signe de les rejoindre. Ce sont de bons lanceurs. Bientôt l'immeuble s'en prend dans les jambes, sur le front, en plein cœur. Son ventre, comme celui de l'ogre de la légende, finit par exploser. Et il disparaît. Il ne s'effondre pas. Il disparaît. À sa place a poussé une petite maison basse. Avec un jardin et des bancs dans le jardin. Noués au toit par la base, des rubans montent vers le ciel. Une multitude de couleurs. Plus que n'en compte l'arc-en-ciel. Devant la maison se tient une femme. En la voyant, les enfants jettent les cailloux désormais inutiles et se précipitent vers elle. Ils s'assoient dans l'herbe, sur les bancs. S'engage entre les enfants et la dame une conversation qui monte vers les étoiles, redescend sur terre, fait le tour du monde et des choses et retourne à sa niche, sa colline, reprend des forces en mangeant des cerises et des bonbons cannelle, se relance, touche à tout, se fâche, rigole, n'évite aucun pourquoi : pourquoi le prix du pain et les fleurs venimeuses ; pourquoi les eaux de mars et la poussière des mines ; pourquoi les arbres morts et les fruits défendus ; pourquoi la forge et le pétrin s'il est des gens qui manquent de pain et d'autres qui fabriquent des armes ; si l'essentiel est d'aimer bien, pourquoi demander au garçon s'il aime une fille ou un garçon ; pourquoi quand la mort court les rues, lorsqu'on fait le décompte il y a des morts, des villes, plus importantes que d'autres… Marlène n'a jamais posé autant de questions. Ni aux autres ni à elle-même. L'idée ne lui est jamais venue d'inventer ses propres pourquoi. Quand Fritz l'avait abordée en lui promettant un foyer, elle n'avait même pas pensé à lui demander ce qu'il entendait par foyer, amour. Ni pourquoi il l'avait choisie, elle. Elle sait : parce qu'elle ne posait pas de question. Fritz ne supportait pas les questions. Elle se reproche de penser encore à Fritz. Mais elle ne peut pas faire comme s'il n'avait jamais existé. Ce ne serait pas juste. Ni envers lui ni envers elle. Elle devra dresser sa liste de questions et choisir dans ses souvenirs. Dommage. Elle n'a jamais rencontré une institutrice comme Mlle Béatrice. Béatrice tout simplement. Les enfants ont encore plein de questions. Des réponses aussi. Parce que même si la Terre est ronde et se divise en quatre, le Nord, le Sud, l'Est, l'Ouest, les quatre horizons ne sont pas forcément égaux, murmure une petite fille. Parle plus haut. On ne t'entend pas Parce que certains ont le pouvoir de mettre les pieds dans le plat, voire dans la gueule de l'autre, et personne n'en dit rien, et d'autres n'ont pas le droit de lever le petit doigt, crie un petit malin debout, les poings serrés. Marlène aime ces enfants qui savent rire et serrer les poings. Mlle Béatrice, non, Béatrice tout simplement, leur annonce une surprise. Une visite. Une dame sort de la maison. Celle-là, Marlène la reconnaît. Tous ceux qui habitent la colline du Calvaire ont entendu parler d'elle. C'est Victoire. Elle porte une coiffe. Elle est là pour ceux qui toussent trop, ceux qui ont la mine un peu triste, ceux qui ont peur de grimper sur le toit pour être près des rubans qui dansent avec le vent. Les enfants lui demandent d'enlever sa coiffe pour voir ses cheveux. Ils sont blancs. Tu n'es pas vieille. Pourquoi sont-ils si blancs ? Parce que… Victoire montre du doigt l'emplacement de l'ancien dispensaire. Je vous raconterai un jour. Il faut tout raconter… Tu es quand même un peu vieille, dit une petite fille. Mais tu es une vieille belle, juge un petit garçon. Le petit malin aux poings serrés chante : “Ann ale dodo, ann ale dodo ce soir chez la belle Victoire.” Victoire lui explique que la chanson a été écrite pour une autre Victoire, sur une autre colline, il y a très longtemps. Une petite fille se moque du petit malin, trop jeune pour aller dormir chez les filles. Ça viendra. Un jour je viendrai dormir chez toi… Non, c’est moi qui viendrai, lorsque ça me plaira… “Ann ale dodo…” Les gamins chantent quand même la chanson et Victoire la prend pour elle. Tous forment une grande bande à pied qui monte la colline. Une petite fille qui n’avait jusque-là rien dit leur demande d’attendre. Elle a des choses à leur donner. Des mots. Qui lui sont venus comme ça. Je crois que ça s’appelle des poèmes. Ce sont des feuilles volantes. Littéralement. Qui retombent dans les mains, s’accrochent aux arbres, glissent vers le sol, rappelées à leur vol par quelque coup de vent. Des gamins s’en mettent dans les poches pour les lire plus tard, sur la tête pour se faire un mouchoir de mots. Il en est qui entrent dans la terre, comme des graines. Le petit malin qui serrait les poings aide la fillette à les semer. Viendra le temps de la récolte. Viens, Tifène, on monte. Tifène, elle en a plein d’autres. Elle se dit que chaque personne au monde devrait avoir un poème à elle. Vaccines, maniboulas[18], manoumbas, tambours, guitares, banjos… La petite héroïne en uniforme d’écolière a rejoint la bande. Elle ne porte plus son uniforme. L’uniforme, c’était une couverture. Elle n’en a plus besoin. Comme la Veilleuse, elle porte une robe qu’elle s’est confectionnée elle-même. Elle a des banderoles plein les mains. C'est avec mains qu'on fait chansons. Ce sont les mains qui changent les choses. Elle distribue les banderoles aux enfants qui grimpent aux arbres, sur les toits. Sur son passage, la bande change le nom des rues. C'est un immense rara auquel se joignent les habitants de la colline. Et des gens venus de partout. Cela rappelle les pèlerins venus implorer la Madone. Mais cette foule, elle en a marre d'implorer la Notre Dame du Perpétuel Secours. Pour que vienne la saison des pluies. Et quand il pleut trop, pour atténuer la fureur des eaux. Pour un toit. Le pain trop rare. Pour que la mer soit clémente à ceux qui partent en bateau, la nuit, sans rien d'autre que leurs vêtements. Pour que jamais plus on ne brûle la pointe des seins des jeunes filles avec des cigarettes. Pour une colline où il fait bon vivre. La Notre Dame, ils l'aiment bien, mais depuis le temps qu'ils l'implorent, ont germé sur cette colline la misère, la désolation, les Mérable, les Alarik… Elle peut venir à la fête, si elle le veut. Nul n'est exclu. Mais plus question d'implorer. D'attendre. La bande a son destin en main et ne cesse de grandir. Il y a des estropiés qui n'arrivent pas à marcher seuls. Des amis les soutiennent. Il y a des muets qui miment leur part de chant. Des messieurs qui ont laissé tomber leurs sacoches et enlevé leurs cravates. Ce doit être des fonctionnaires, ils chantent : le bonheur à plein temps. Viennent aussi des vieux qui avaient cessé de bouger, de penser à l'avenir. Des gens arrivent par toutes les rues qui sont très belles avec leurs nouveaux noms[19]. "Ces îles qui marchent." Une rue les bras ouverts comme autant de passerelles. "Étincelles", une petite rue en feux follets et allumettes de Bengale. "Pour célébrer la terre", une rue piétonne en serpentine qui chasse les mauvaises pensées. "La couleur de l'aube." Les amoureux s'y rendent pour vivre leurs promesses. "Les semences de la colère", la bande change de musique, avance au "charge-au-pied[20]", forte comme un torrent. "Les arbres musiciens", elle joue des hanches, se baisse, ondule comme une plante grimpante. "Les cinq lettres", étreintes disponibles pour répondre au courrier du cœur… La foule chante, progresse dans sa montée. C'est la dernière rue avant le sommet. Marlène n'a jamais vu autant de joie. Autant de tambours. Qui battent pour la vie. Le soleil sourit. Tout doux, mon grand, ne brûle pas le feu qui les anime. Laisse faire les tambours qui rythment le chant des hommes. La rue porte ton nom. Et le leur : "Les tambours du soleil." Rue Tambours du soleil, voici que toute chose atteint sa plénitude. Et voici qu'une femme au sommet de la colline répond au chant du monde par une danse dont chaque pas, chaque mouvement est floraison, semence, matière vivante triomphant de tout obstacle à sa grandeur. Danse, Sirène. Danse. Pour ce jourd'hui de fête et les fêtes à avenir. Pour les enfants de cette colline. Ceux d'hier et ceux de demain. Pour ceux qui sont partis pour d'improbables ailleurs où ils ont mal vécu. Pour ceux qui n'ont connu ni logis ni métier, à part les coins de rue et la débrouillardise. Pour ceux qui n'ont eu droit ni à l'eau ni au feu, à part les bains de boue et les balles perdues. Danse, Sirène. Pour toi qui es morte à New York dans une saleté de maison de retraite. Pour Gala aux tétons brûlés. Pour toutes les Victoire et toutes les Veilleuses. Danse pour nous, sur nous. Pour Bernadine, l'oubliée. Pour Marine au prénom d'eau salée et douce comme la brise. Pour Gala, espiègle et rebelle. Pour la Veilleuse du Calvaire, la première qui existe et n'existe pas. Celle par qui tout commença. Danse, Sirène. Que ta danse invite à la danse ! Sans savoir comment, Marlène se retrouve à côté de Sirène qui lui prend les mains, puis les hanches, la fait se retourner, bouger, danser comme elle n'a jamais dansé, vibrer comme elle n'a jamais vibré. Toute la foule ne peut pas atteindre le sommet. Rue Tambours du soleil, c'est un immense chant qui n'effraie ni les couleuvres, ni les oiseaux, ni le petit filet d'eau qui pointe sous une pierre, ni la foule elle-même car fou celui qui s'effraie de la force de son chant, folle celle qui s'apitoie sur sa désespérance et oublie son devoir de veille. Marlène danse, devient Sirène, Gala, Veilleuse, Marine, Victoire, Béatrice, Tifène, car chacune de nous est elle-même et nous toutes en même temps. Marlène se regarde en chacune et chacune en elle-même. Me voici donc avec les autres Veilleuses du Calvaire. Son regard descend la colline, traverse les plaines, fait devant la mer une halte méritée. Elle suit son regard, plonge nue dans l'eau fraîche, se retourne vers la colline, sort de l'eau, remonte, résolue, rejoindre le mouvement, les tambours, les Veilleuses… Rien n'est fini, derrière chaque colline il y a d'autres collines.

NOTES

1. Ti Suyé monte, Ti Suyé descend : comptine haïtienne sur un gamin qui passe son temps à nettoyer.
2. Marron inconnu : figure symbolisant les captifs anonymes ayant fui et combattu l'esclavage.
3. Gourdin : pièce de monnaie équivalant à cinquante centimes de gourde (la monnaie haïtienne).
4. Pied-de-cochon : appellation populaire pour les calibres 38, arme de poing des miliciens.
5. DKW : voiture allemande utilisée par la police politique.
6. Blancs pobants, blancs manants, blancs-je-vèt, blancs bouda chire : blancs pauvres (roturiers), manants, blancs aux yeux verts, blancs aux fesses nues, expressions datant de l'époque coloniale.
7. Pike kole : jeu qui se pratique avec une ceinture.
8. Mafweze : personne pouvant se métamorphoser en animal.
9. Scellé bridé : liqueur aux vertus aphrodisiaques.
10. Crucifier des gens sur des portes : référence à Charlemagne Péralte, héros de la résistance à l'occupation d'Haïti par les États-Unis, crucifié sur une porte par les marines en 1919.
11. Bois bandé : liqueur à base de racines et d'alcool de canne, dite aux vertus aphrodisiaques.
12. Manoumba, ou manouba : instrument de musique fait de lamelles métalliques fixées sur une caisse.
13. Chanmotte : maison à étage.

14. Indiens : le défilé carnavalesque présente costumes et masques figurant des animaux, des groupes ethniques, des personnages historiques…

15. Choucoune : amoureuse de légende, femme aux formes généreuses.

16. Rara : groupe de musique défilant durant la période du Carême.

17. Vaccine : instrument, cornet dans lequel souffle le musicien.

18. Maniboula : voir manoumba.

19. Les noms figurant sur les banderoles reprennent les titres de grandes œuvres haïtiennes : *Ces îles qui marchent*, poésie, René Philoctète, 1969 ; *Étincelles*, poésie, René Depestre, 1945 ; *Pour célébrer la terre*, poésie, Roger Dorsinville, 1955 ; *La Couleur de l'aube*, roman, Yanick Lahens, 2008 ; *Les Semences de la colère*, roman, Anthony Lespès, 1949 ; *Les Arbres musiciens*, roman, Jacques Stephen Alexis, 1957 ; *Les Cinq Lettres*, poésie, Georges Castera, 1992 ; *Les Tambours du soleil*, poésie, René Philoctère, 1962.

20. Charge-au-pied : danse guerrière.

Ouvrage réalisé par l'atelier graphique Actes Sud. Reproduit et achevé d'imprimer en avril 2023 par Normandie Roto Impression s.a.s. 61250 Lonrai pour le compte des éditions Actes Sud, Le Méjan, Place Nina-Berberova, 13200 Arles.
Dépôt légal 1re édition : Août 2023
N° impr. : 2301601
(Imprimé en France)